永远在路上

一个农民的一生

张培忠 著

花城出版社
中国·广州

图书在版编目（CIP）数据

永远在路上：一个农民的一生 / 张培忠著. — 广州：花城出版社，2023.1
ISBN 978-7-5360-9942-5

Ⅰ. ①永… Ⅱ. ①张… Ⅲ. ①报告文学－中国－当代 Ⅳ. ①I25

中国版本图书馆CIP数据核字(2022)第255050号

出 版 人：	张 懿
责任编辑：	李 谓　杜小烨　安 然
责任校对：	李道学
技术编辑：	凌春梅
封面设计：	林 希

书　　名	永远在路上：一个农民的一生 YONGYUAN ZAI LUSHANG：YIGE NONGMIN DE YISHENG
出版发行	花城出版社 （广州市环市东路水荫路11号）
经　　销	全国新华书店
印　　刷	广东鹏腾宇文化创新有限公司 （广东省珠海市高新区唐家湾镇科技九路88号10栋）
开　　本	880毫米×1230毫米　32开
印　　张	8.125　2插页
字　　数	210,000字
版　　次	2023年1月第1版　2023年1月第1次印刷
定　　价	68.80元

如发现印装质量问题，请直接与印刷厂联系调换。
购书热线：020-37604658　37602954
花城出版社网站：http://www.fcph.com.cn

目 录

永远在路上 001

致父亲书 086

母亲的口述历史 100

中师日记 156

评论 195

  父亲 / 杨向群 195

  真实的力量 / 逸　野 198

  平实叙事演绎父子情深 / 林　子 204

  父辈的引领 / 江锐歆 210

  情深酿出好华章 / 黄耀池 213

  精神的能量，成功的密码 / 黄文斌 221

  不经风雨，不见彩虹 / 张　浩 223

  朴素的理想 / 张莘堞 225

  读《永远在路上》有感 / 张闻昕 229

  爱，生生不息 / 张咏颖 232

  父亲的足迹 / 张闻昕 235

后记：在底层与非虚构 241

1959年初夏，父亲张德建（后排右一）与本村农友张永平（后排左一）、张学养（前排左一）、张学镇（前排中）、张愈成（前排右一）在饶平县三饶镇合影，留下珍贵的影像

年轻时的父亲和母亲

父亲1959年在镇上唯一一次照相时留下的单人照

父亲"走凤凰"必经的山路

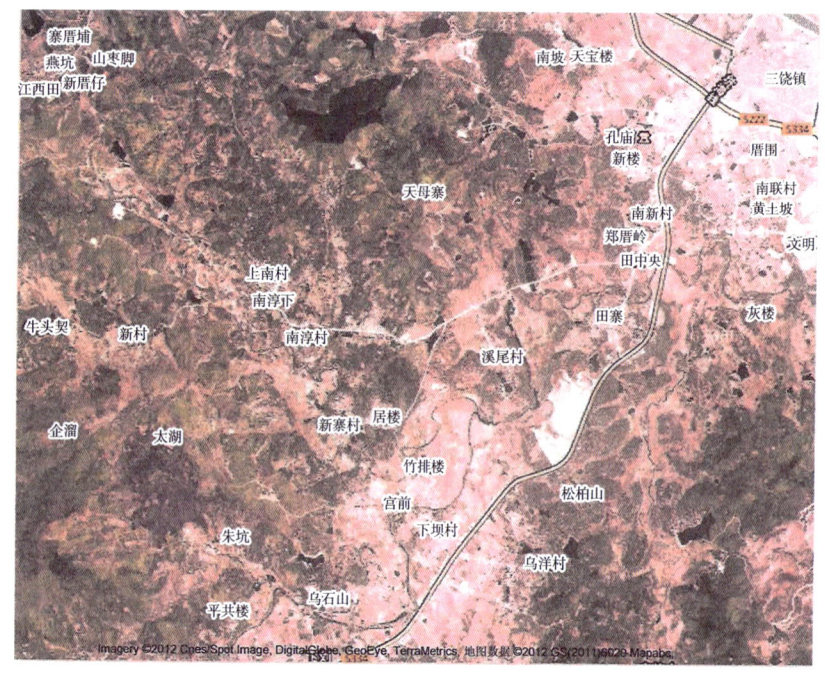

父亲"走山内"路线图

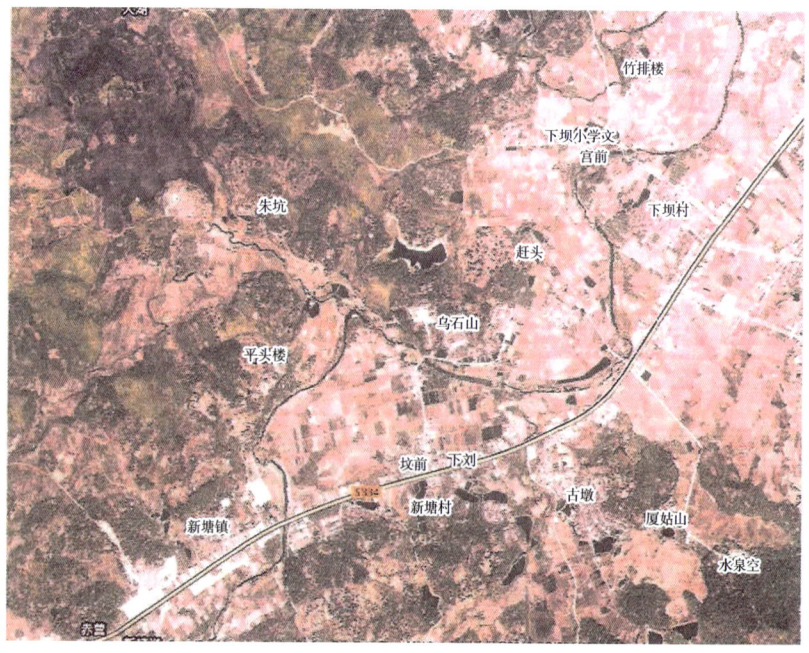

父亲"走凤凰"路线图

培林吾儿知悉

昨天接到你的来信知道你曾生病了现以稍好有没有请医生诊疗今付人民币壹拾壹元给你费用现在身体全好了吗否则应请医生服药才好

对学习方面身体不好应休息以免影响身体健康

你同你母亲及姐姐之事现已稍好你可勿念家肉粟的秧现以卖去一头秧软已卖尽稻苗生长一般对培宏学习之事你可勿挂心

並祝

旦安

（等你春节回时或暑假回时再将伙食费带来亦可 如有亲友朋较好的不妨不买）

80年5月20

父付

父亲写给哥哥张培林的信

農業生產合作社
社員經濟手摺

作灶吉課
德造兄
吉灶坐巳向亥大字分金
宅主壬申生
主饋丙子生
拆灶取五月十一癸卯日丑時即早二点鐘
作灶取五月十一癸卯日卯時五点半鐘
奠工放磚先連及四週圍起工速吉
進灶火取本日巳時十点鐘進之大吉
依期作灶
爾熾成林
千祥云集
百福駢臻
作灶吉課

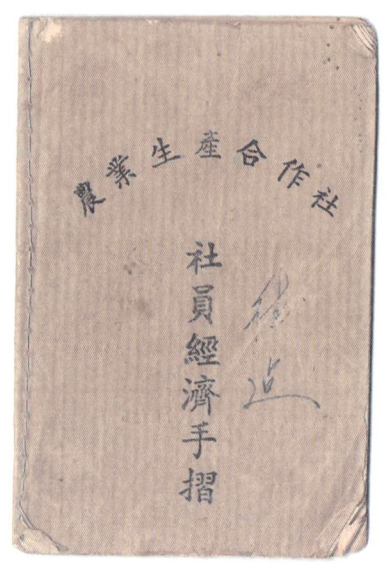

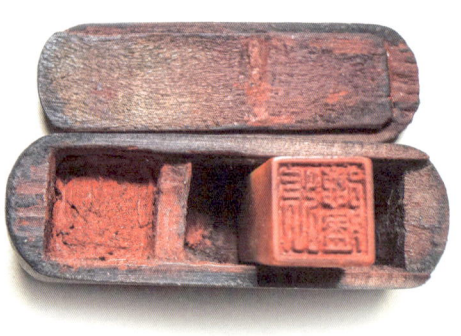

父亲使用过的老物件

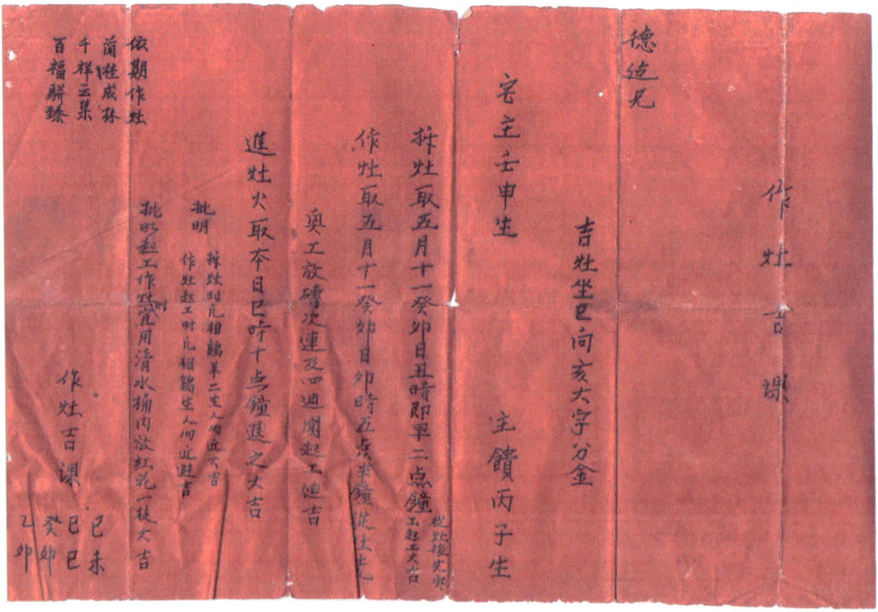

永远在路上

1

屈指算来,父亲离开我们已整整三十年了。

三十年,少年渐生白发,小镇崛起新城,村庄芳草萋萋。三十年,物是人非,沧桑巨变。然而,尽管时光流逝,却有一事深埋心底,恒久不变,那就是对父亲的感情。随着时间的累积,那过往的点点滴滴,细枝末节,越发清晰,像刀刻斧凿一般镶嵌在记忆的年轮里,流淌在岁月的血脉中。

父亲去世的那年暑假,正是多事之秋。先是外婆摔倒不省人事,一个月后去世;然后,缠绵病榻两年多、一直不

年轻时的父亲

明病因的父亲的病情突然急转直下。那时，我正在家乡县城读师范，暑假刚过，我返回学校，父亲就到县人民医院来诊病了。父亲由哥哥带着，看完病后在饶平汽车站的候车室等候乘坐长途汽车回家疗养，我上完课，顾不上吃午饭，就心急火燎地从学校步行赶到车站为病中的父亲送行。我平生写的第一篇日记就记述了当时的情形。

在候车室里

1982年9月1日　星期三

隆隆的机动车频频地在沥青路上飞快地驶去，真是使人心烦，又是一辆呼啸着擦身而过，这一惊吓可不小，我本能地躲到了路边。

本来就焦虑不安的情绪，行走在这乌烟瘴气的公路上，加上那嘈杂不休的机车声，我被熏得真有点头晕目眩了。我昏昏然来到了车站，一看到这场面，心情又沉重了一层，像一块块的铅直往下坠：父亲在严重地发喘着，肚皮一起一伏，有时幅度很大，有时气喘虽不那么大，频率却是大得很，那痛苦的神情一定是难挨到了极点！我的心里又是一酸，泪水差点要跌下来。他那蜡黄的面孔、少血的双颊、老长的头发，使我简直不敢认那是我生身的父亲，抚育我长大成人的父亲！我的心难过极了，来校的几天前，他的病情已有了好转，吃的东西较平时也多了，精神也较充沛，我有点高兴了，临走时，还欣慰地笑了。谁能料到，几天后，病情突然加重了，鼻子还出血，脸色苍白，不能行走，要输血，一次就得输300cc，医生说最好到县人民医院检查一次。检查告知是由食物引起酸中毒,因蛔虫引起严重贫血,化验完毕了,要回家了,躺在候车椅上,那凄苦的神情,怎不使人难过,使人痛哭流涕呢?他就要回去了,看着他佝偻的身影,我不禁又流出了眼泪,但心里却暗暗祈祷,愿您早日恢复健康,我亲爱的慈父!

殊不知,此时的父亲,已被检查出白血病晚期,宣告药石无效,哥哥被医嘱回家准备后事。只是因为怕影响我的学业,父亲和哥哥才向我隐瞒了病情,悲怆地踏上返乡的归途。而我还蒙在鼓里,虽然心里隐隐有不祥的预感,但绝没想到,命运之舟已不可逆转地驶向了险风恶浪的海域。

车站送别的第三天,父亲病危,我被急召回家。那时,学生宿舍没有电话,不知如何通知我回家,情急之下,哥哥通过在县法院工作的一位熟人,请她步行到学校通知我,并为我买好了回家的车票,看那阵势,我已意识到事态的严重。忧心如焚地回到家里,看到母亲正坐在楼

建于明朝年间的下坝村泰阳楼

梯口默默垂泪，我直奔里屋，却见里屋已空空如也。一股巨大的恐惧把我攫住了，我带着哭腔急问母亲："父亲在哪？"母亲有气无力地说在老屋。我跑到老屋，只见父亲躺在老屋的客厅里那张用梨木做的眠床上，这是临时撑起来的父亲的病床，姐姐、哥哥、伯伯和明叔等正围着父亲，我拨开众人挤到父亲的床头，捧起父亲骨瘦如柴的双手，早已泪流满面。我哭着对父亲说："丈，我回来了！"沉疴在身的父亲嘴角掠过一丝艰难的微笑，然后努力地喘着气说："回来干什么，别耽误了学习。"说完，他就昏睡过去。

命运的巨掌把我们击得晕头转向，家里笼罩着一片愁云惨雾。凶险的疾病把父亲折磨得形销骨立，我们却坐困愁城一筹莫展。父亲知道大限已到，却心有不甘。他辛苦一辈子，把孩子拉扯大了，把两个儿子培养出息了，吃国家饭，做公家人，能够近人前，他也可以歇一口气，享享清福了，别人都说道他有福气，他也感觉这是祖上积德，苦尽甘来；他孩子多，女的还没说下婆家，男的正长身体，特别是小女儿才九岁，如果就这样走了，叫他如何放心得下？因此，在疼痛之后，或者喘息的间隙，父亲虽然虚弱，却总是坚定地问询道："还有什么办法吗？"我们的心在滴血，但总是安慰他，告诉他正在想办法。有时，他意识到没有什么动静，就喃喃自语道："要不叫阿耀来看看。"阿耀是村里的赤脚医生，也是村里的全能医生，他大致只能为村民治治感冒发烧之类的常见病，却是全村的希望和灯塔。他有求必应，每天来为父亲打一次针，不管效果如何，起码是对父亲一种心灵的慰藉。

求生的光芒照耀着、支撑着父亲，但毕竟只是生命的一种回光返照。终于，油尽了，灯枯了，父亲生命的火焰熄灭了。从确诊到去世，只有短短的十天。1982年农历七月二十三日，这个黑色的日子，父亲带着万般不舍,从温暖的大地飞升到高渺的天国。

父亲去世了,十七岁的少年忽然长大了。生命如此绚烂,又如此脆弱;如此切近,又如此遥远;如此朴实,又如此丰赡;如此仁慈,又如此心悸……在父亲短暂而又艰辛的一生中,我读懂了生命的尊严,更读懂了生命的奥秘。

父亲在这间房子出生,又在这间房子去世

2

父亲出生于1932年农历十一月十五日,饶平县西厢乡(原属三饶镇,现属新塘镇)下坝村泰阳楼,一个被称为"省尾国角"的地方。前一年,发生了震惊国人的日本侵略中国的"九一八事变",饶平地处沿海,又是昔日倭寇经常出没和侵扰的地方,自然更容易把草芥一样的人们卷进风雨飘摇的时代旋涡。

父亲就这样降生在一个贫穷的家庭,成长于一片苦难的土地。当农民的爷爷为父亲起的不是阿猫阿狗之类沾染乡土味的名字,而是一个听起来颇有书卷气的名字:张德健。少时,我对父亲这个名字也感到习以为常,丝毫没有新奇之感,无非是一个人的符号而已;及长,特别是随着年龄的增加、阅历的增长、读书的增多,我才明白,父亲的名字典出群经之首《易经》的两句话:"天行健,君子以自强不息","地势坤,君子以厚德载物",从中各取一个字组合成为"德健",而且这两句话各代表一个卦名,就是周文王在困厄中演周易、画六十四卦当中最重要的两个卦,前者为乾卦,后者为坤卦。一个农民,取这样的名字,我感到惊讶,更感到困惑。是附庸风雅,还是别有怀抱?我不得而知,但不管何种情形,我都对爷爷的传统文化功底之深肃然起敬,也为爷爷对父亲的期许之高由衷敬佩。

父亲两兄弟,他还有一个哥哥,即我的伯父,爷爷也给他起了一个好名字:张春光。可惜的是名字虽然明媚,但在父亲和伯父的童年、少年时代,由于家庭的变故,而使日常生活变得暗淡无光。

父亲的曾祖父广业公,名张庸,也就是我的老太公,在家乡一带曾经显赫一时。据史载,当年大清皇帝康熙因征讨准噶尔经费不孚支出,遂下诏向全国的富户捐纳,开启了清王朝的捐官制度。得益于这个制度,老太公以"捐前程"的方式,由官府给他颁了一个"税进士"的称号。他志不在当官,却以布衣的身份取得了与其财富相称的社会地位。而且不仅他自己的事业经营得好,更重要的是他的五

伯父张春光(1993年12月)

个儿子都各有出息,与当地的名门望族结了亲家。这五个儿子,老大张州,老二张府,老三张文焕,老四张武烈,老五张文卷。其中老三就是我的曾祖父,据说他跟我的曾祖母结婚时,极尽奢华,因为相传我的曾祖母的外家是整个饶平县城御史岭门内第一富,外家为了显示实力、讲究排场,更为了脸上有光,特别在嫁妆上大做文章,除了例行嫁女的行头应有尽有之外,还额外增加了三箱四囊,簇新的绸缎布匹装得箱盖盖不下,重得抬不动。尤为让乡里乡亲瞠目结舌的是,出嫁那天,曾祖母坐八抬大轿一路吹吹打打从县城来到下坝村头。这时从村头到新娘房,早已用新绸布铺出一条新路,曾祖母在伴娘的陪伴下轻移莲步,每走一步伴娘就放一个龙银,叫作"铺地踏白",既是祈福,也是显摆,村里的大姑娘、小媳妇、老人小孩都早早起来看热闹,可谓观者如堵,而这个新奇之举随即在四乡六里传为美谈。

乡里人更争相先睹为快的是另一道风景。每逢农闲时节,村里祖厝常有潮剧戏班来做戏。戏班做戏,是村里的嘉年华会,男女老少必盛装出席,咸与狂欢。当此之时,老

曾以"门无第、塘无冇"为特色的下坝祖厝旧址

太公必会到各房门口去交代：大家早点吃，梳洗好、穿戴好，晚上带你们去看戏。老太公一声令下，大家忙得不亦乐乎。

薄暮时分，精神抖擞的老太公带着衣饰一新的五房儿媳妇从我家老屋的深巷走出，穿过庄严肃穆的二房祖祠，穿越起伏不平的一片菜地，款款来到鼓钹齐鸣、人声鼎沸的戏台下。老太公这五房儿媳妇，个个生得俊美，人人头戴番笠、身系披肩，像一簇五彩祥云在戏台下飘过。霎时间，嘈杂的场面静下来，看戏的眼光转过来，"五彩祥云"成了主角，成了夜色中戏台下众人意外的惊艳。

然而，君子之泽，三世而斩。老太公太能干，创下一份家业，大家跟着享福，可谓大树底下好乘凉，但同时大树底下也不长草，长期养尊处优，培养的多是纨绔子弟。等到老太公一人登仙，五房头各自分家另过，昔日的繁盛遂不复存在。我的曾祖父是典型的"天塌舍"（意为甩手掌柜），每天睡到日上三竿才起床吃饭，然后晒着太阳发呆，或者村前屋后闲逛。他不事经营，也不事种作，守着老太公的祖产，也盯着曾祖母的嫁妆，坐吃山空。等到屋里没有什么东西可以变卖时，他就开始一小块一小块地卖田过日子了。

家庭败落到这步田地，曾祖父的大儿子，也就是我的祖父张应章，再也无法忍受了，冒着忤逆的名声，阻止曾祖父继续卖田。祖父有三兄弟，除了他之外，还有两个弟弟，大的叫张应瑞，小的叫张应通。兄弟三人，只有祖父精通文墨，深谋远虑，其他两位兄弟均是浑浑噩噩，无所用心，碌碌无为。唯其如此，家族的重担一下子就压在祖父一个人身上。曾祖父不听祖父的苦劝，继续我行我素，祖父忧患成疾，一病不起，撒手西归。

祖父去世时，父亲才六岁。

六岁的父亲家徒四壁，与祖母、伯伯相依为命，艰难地过着凄风苦雨的日子。

3

父亲长到九岁，到了读书的年龄。村里有句俗话，叫"九岁狗啃书"，意思是九岁的孩子读书就像狗啃东西一样干脆利落，腹笥丰赡。因此，男孩长到九岁，是读书的最佳年龄，也是最后的年龄。如果这时还不读书，就要下地干活了。

读，还是不读？对于一般的穷家庭来说，已然是一个问题。在我父亲孤儿寡母的家庭里，三餐尚且难济，遑论读书？但祖母硬是咬咬牙，靠"靳八索"（以肩挑重担出卖劳力谋生）也要让小儿子读上几年书。

祖母黄雪，西厢乡南淳村人氏。她天生劳碌命，在外家，她是长姐，洗衣做饭喂猪，样样要做，还要照顾一大群弟妹；嫁到下坝，她是长媳，在"未嫁从父、既

父亲挑重担、干粗活所用的工具——壳篓

嫁从夫、夫死从子"的传统宗法社会，她被压在最底层，也最辛劳。

祖母初嫁下坝时，曾祖父这一支已经败落得差不多了。那时老太公早已去世，每年的祭日，老太公派下的五个房头都要以一房为主轮流准备祭祀的供品，五房同时祭拜，规定祭祀的供品至少要杀鸡做粿，愈滂湃愈好。《春秋》有云："名位不同，礼也异数。"老太公是官府的"税进士"，又是家族的高祖，自然要把祭祀办得像模像样，一如他老人家在世时那么体面风光。但是轮到我家，只有做粿，没有杀鸡，因为没钱置办。等到祭祀时辰已到，供品摆上祭桌，大家一看，老三家坏了规矩，破了底线，大家义愤填膺，大声斥责老三家不孝，主事的老四武烈公怒不可遏，对老三无可奈何，只好把气撒到两个侄子——我的祖父和二叔公身上，把他兄弟俩从上厅追到下厅，又从下厅追到上厅，像老鹰捉小鸡一样地拎着打。祖父在世时家庭经济尚且如此寒碜，到他去世时，就更加一贫如洗了。

没有积蓄，没有田产，祖母只有去"挑溪头"。溪头是距离饶平县

祖母曾当过挑夫的溪头码头

城三饶镇十多里远的一个内河港口,那时还没开公路,运输全靠水路,黄冈河溯流而上,船只通航仅能到达溪头,因此进出古城三饶的货物,从海边进来的盐巴、海鲜,从山里运往外面的山货、茶叶等,全在溪头转运。而从溪头到三饶这一段山路,就全靠挑夫用肩膀一担一担地挑进挑出,赚取一点可怜的工钱。失地的农民和赤贫人家无以谋生,只好加入这个卖苦力的行列,遂在当地催生了"挑溪头"的新行当。

"挑溪头"绝大多数为男子,祖母便是那少数的妇女之一。祖母每次都与男人挑一样多的货物,她不像那些"愣头青",一开始就铆足劲,恨不得三步并作两步地急走,而倒像"慢郎中"一般,一步一步地匀速挪动,看似速度慢,但往往担到路尾,那些"愣头青"都走不动了,祖母却仍然不紧不慢地迈动着步伐,成了最先到达、最准时交货、最受东家信赖的挑夫。祖母就这么长年累月、风雨无阻地挑着、挑着,挑出了全家的饭碗,也挑出了父亲的学费。

父亲终于能够上学了。学校就设在村里的二房祖祠,这是一间潮汕常见的"四点金"式祠堂,有前厅、下厅,中间还有一个天井,可容纳三至四个年级同时上课。父亲知道,他的学费是祖母一滴汗摔八瓣攒下来的,因此格外珍惜这来之不易的学习机会,读书格外用功。他常常是学校里来得最早的学生,坐在教室的角落里,分秒必争地诵读课文。晚上从不荒废,用来温习功课,或者预习新课。可家里已经穷得连一盏油灯都买不起,只好点一支祖母从山里取回来的"薪",插在墙缝里聊以照明。但往往正当父亲读得入神时,忽然"噗"的一声,燃烧过的"薪"的灰烬掉到桌子上,把父亲的课本烧坏了。不到一个月,课本已是千疮百孔,父亲心疼不已。看到邻居兼同学张步高怡然自得地坐在油灯下读书,他既羡慕又无奈,只好去约张志勇等同学到村头的操

父亲专门为我们兄弟晚上读书购买的美孚煤油灯

场玩一种叫作"走旗"或"捉迷藏"的游戏,借以缓解要读书而不得的痛苦,消磨精力过剩的漫漫长夜。多年之后,当父亲能够承担起家庭的责任时,他不止一次地说过,如果孩子读书,就是再穷,苦力再做,大赤岭再陡,也要买一盏大油灯供孩子学习用,否则,不但会耽误孩子学习,也会损坏眼睛。因此,在哥哥和我开始读书时,父亲特地从外地买了一盏美孚煤油灯,每当夜幕降临,那盏美孚煤油灯就摆在饭桌中间,我和哥哥各据一端,看书做作业,不管油多贵,不管读多晚,父亲始终保障供应,美孚灯始终大放光明。

然而,制约父亲读书的最大障碍,不是照明问题,而是肚子问题。每年的四五月、八九月,旧粮吃完,新稻未熟,米缸告罄,青黄不接,祖母的扁担也解决不了全家的吃饭问题,无奈之下,父亲只好辍学到祖母的外家南淳村,替父亲的舅舅们放牛,既是帮工,也是寄食。

父亲是爱书之人,时常辍学,使他深受折磨,他既离不开心爱的书本,又离不开可爱的同窗。但为了生存,他只好孤单地独自面对陌生的环境,在陌生的山水放牧着陌生的牛群。牛是有灵性的大牲畜,看似憨相,实则慧黠,它的嘴巴兢兢业业地在堤坝上吃着枯黄的草,硕大的眼睛却警觉地眼观六路，只要小主人稍不留意，它就会像闪电一般迅疾地越过田埂，直扑向绿油油的庄稼。这样的放牧实际上是比读书更累的一件差事，有时牛偷嘴得逞，更会招来田东的一顿责骂。这时，父亲就格外想念在家里读书的美好时光。

每逢期末考试，父亲总要克服重重困难，包括缠着他的舅舅们做说服工作，直到放行为止。尽管旷课几个月，但每次赶回学校参加期末考试，父亲的成绩总能考第一。有几次的确因为舅舅家的农事忙得走不开，父亲未能如愿参加期末考试，在评定成绩时，老师也要给父亲班里第二或者第三名的位置，大家对此也毫无异议。这是令父亲最感欣慰的地方。

在南淳放牛，最令父亲雀跃的，除了回乡考试，就是回家给祖母送吃的。祖母的南淳外家是一个大家族，财雄气盛，人丁兴旺，大种大作，丰衣足食。相比之下，祖母在下坝，孤儿寡母，日子过得凄惶。女儿是母亲的心头肉，十指连心，能不牵挂？祖母的母亲，也就是父亲的外祖母便时时念叨着女儿的苦处，每逢三冬六月，或者敬神祭祖，总会有一些好吃的，父亲的外祖母便想着如何给女儿留点送点，但因人多嘴杂，老人家畏首畏尾，自然是想得多、做得少，不免感到很内疚。

有一次，父亲的舅舅们家里请帮工，中午时吃剩了许多东西，有半桶咸面条，半桶甜面条，要倒掉委实可惜。父亲的外祖母瞧准了这个机会，理直气壮地把父亲叫来，问他愿不愿意提些面条回下坝给祖母吃？父亲当然是求之不得，他恨不得多提一些，马上就走。恰巧此时，天空忽然变了脸，乌云遍飞，眼看就要下雨的样子。父亲的外祖母一时犹豫起来，不送怕女儿饿着，送又怕外孙在路上被雨淋着，正在进退失据之际，父亲的一位舅舅看不过去了，不耐烦地说道："前怕狼，后怕虎，能办成什么事？真疼女儿就叫阿德建送去！"

南淳村通往下坝村的山路

父亲的外祖母这才给父亲绑了一件棕蓑仔,急匆匆地让父亲走上返乡之路。

半个时辰后,风夹着雨瓢泼而下。南淳到下坝,都是弯弯曲曲的山路,父亲在泥泞里、风雨中深一脚浅一脚地一路小跑,回到家里,父亲成了泥人,那两小锅的面条成了面汤。

祖母把父亲紧紧地搂在怀里。父亲浑身湿透,风尘弥漫的脸上,分不清哪是雨水,哪是泪水。

风雨过后,能在祖母的怀中,再苦再累,父亲仍感到满心的幸福。

4

即便是"半工半读"的日子,在父亲仍是难得的"好时光"。小学四年级刚读完,十三岁的父亲就因生活所迫,无法继续上学,永远地离开了学校。

没地可耕,无工可做,何以为生?父亲只好接过祖母的"八索",开始他上山下岭终生奔波的跋涉生涯。

父亲第一次出远门,就跟着伯伯去"走山内"。祖母"担溪头"是出卖苦力,父亲哥俩"走山内"是做小买卖。在中国传统"士农工商"四大行业中,父亲可谓别无选择,通过读书走仕途已此路不通,拥有土地自食其力绝无可能,父亲只有向深山觅食——肩挑杂货到邻县大埔的桃源镇或高陂镇走村串户零售,以赚取微薄的价差维持生计。

桃源是深藏于崇山峻岭之中的边远小镇,以盛产陶瓷而远近闻名。桃源人不事稼穑,专营陶瓷,日常吃喝用度,全靠邻近的三饶镇及周围村庄的农人以远距离零星贸易的方式提供,从而在三饶地区形成了一个"走山内"的行业。比桃源镇更远的高陂镇靠近韩江边,是连接大埔与三饶的一个中心镇和转运站,货物上落与人员往来更加频繁,熙来攘往,鱼龙混杂,真假莫辨,因此,就会有一些专门为新手或迷路的人带路的,而一些带路的人往往对目的地也似是而非,于是常有带路的人与被带的人都陷入不知所终的困境,久而久之,当地遂流传着"假识高陂路"的谚语,调侃那些不懂装懂的人或事。

父亲就这样迈进了"走山内"的行列。临出门那天,祖母凌晨两三点就起床为兄弟俩做饭。饭也不是什么好饭,不过多下了几把米,让粥稠一些,耐饿,毕竟要挑重担,走远路。看着儿子们吃过早饭,整理好担子,祖母把一双新编的草鞋放到父亲手里,嘱咐伯父要多照顾初次出远门的父亲。

在祖母复杂的眼神中,在闪烁的寒星下,在浓重的晨露里,父亲跟着伯父走上了高陂之路,他少年的汗水和泪水从此便洒落在这条崎岖的艰辛之路、人生之路。以此为起点,父亲从少年走到了青年,又从青年走到了中年,他被生活的重担压迫着,又为生活的鞭子驱赶着,如牛负重,步步血印。

终生研究农民、体恤农民的社会学家费孝通先生在统战部门为他庆贺八十大寿的宴席上,回答别人问他一生研究学问的动力何在时,满怀深情地说:"志在富民。"费老目光如炬,他一生研究中国,深知中国问题的要害,一个"富"字,道尽了天下苍生的夙愿。父亲是一个老实巴交的农民,他的人生理想十分简单,就是"志在吃饱",因为父亲终其一生,包括祖母一代、我们的少年时代,最大的问题也是最迫切、最艰难的问题,就是吃不饱。

民以食为天,但谋生要走正路。对于初涉社会的父亲来说,那个正路,就是经书上说的"唯读唯耕"。"读"虽此路不通,却也曾是个中翘楚;而"耕"才刚刚开始,因为"走山内"有季节性,农村的三冬六月,还是以干农活为主,因此对于全套农活:犁耙布、踏跳庯,父亲都汗水摔八瓣,狠下苦功样样精通。

十八九岁的父亲,最拿手的是布田(即插秧)。那时刚刚解放,新农村的天是明朗的天。每年农历的三月和六月,都是插秧的大忙季节,也是他展露身手的大好时机。村里从泰阳楼到祖厝的一片田洋,通称大路脚,是村里的景观田和门面田,特别是水面最宽的那丘田,要求新插下去的秧"贪贪直"(即全部笔直)。因此,挑选布田的劳力特别严格。到了正式布田那天,村里的好手均集中于此,秧苗、秧船、粪料一应俱全,众好汉在大丘田头一字排开,大家摩拳擦掌,跃跃欲试,彼此都有一股不服输的劲头。只听村支书一声令下,大家就手脚并用头也不

大路两旁的田洋常常举行插秧比赛

抬地在各自的领地忙活着,暗暗地竞赛着。

田里的新绿在扩展,紧张的气氛在积聚。因为求快过甚,因为求胜心切,一些插下去的秧苗遂飘浮起来,一些前面尚算笔直越到后面就越是弯曲。落在后面的,插得变形的,左顾右盼之下,原来饱满的情绪变得有些焦躁,场面也渐渐有些混乱,然而,正是在这种七零八落的较量中,父亲却一马当先,脱颖而出。他左手把秧,右手捏粪;秧苗在左手时,预先分好,右手析出后,迅速到秧船点粪,然后从左到右插到田里,就像鸡啄米一样手起秧落,又快又好;后退时(实际是前进)则用右脚轻推着秧船同步滑行,减少了程序,加快了进度。这样,他插的秧既笔直,又稳当快速,看上去是那样赏心悦目,富于韵律。更为重要的是喜欢读书的父亲在这种枯燥而紧张的劳作中，常能悟出生活的哲理，体味劳动的乐趣，就像唐朝布袋和尚《插秧诗》所描述的境界："手把青秧插满田，低头便见水中天。心地清净方为道，退步原来是向前。"

年过弱冠，正是谈婚论嫁的时候。父亲家贫，虽说一表人才，却门可罗雀，从未见热情的媒人来提亲。父亲不以为意，他一门心思放在做工上，温饱才是他要迫切需要解决的主要矛盾。虽然他自己没有惦记，但是有人为他惦记。少年伙伴张愈成与父亲一同到山角大尖山开松罗板。所谓松罗板，就是整棵松树伐下来后，锯成一整片一整片，然后运出山来搬到溪头装船外销。张愈成比父亲小四岁，却显得少年老成，颇有主意。一次，他与父亲一人一头抬松罗板下山，中间歇息的时候，他悄悄地跟父亲商量说，俺叔孙仔也老大不小了（在村里，愈成的辈分比父亲小一辈），什么时候请村里的赛巧姑帮我们介绍介绍。赛巧是村里的老媒婆兼接生婆，身材健硕，心地善良，热忱为人，有求必应，在村里村外口碑载道。

父亲苦笑着说："俺厝底穷啊六索，哪有钱娶老婆？"

张愈成胸有成竹地说："这个你不用操心，你跟着我就行了。"

不久就是春节，外出的公家人，或者做工者，倦鸟思归，纷纷回家过年。借着拜年，张愈成拉上父亲到赛巧家里，兜着圈子，吭哧半天，说明来意。后生仔刚进门，赛巧已心知肚明，当下满口答应。

开春后，地刚解冻，草才发绿，赛巧就传来好消息。她为村里这两个后生介绍了唐紫辇的两个姑娘。那唐紫辇在山角大尖山的旁边，父亲与张愈成一同开松罗板不远的地方，环境算熟悉，遂各自相看，彼此中意，便都下了聘礼。

但世事难料，正当两个穷后生庆幸婚事有着时，下聘的第二天，张愈成的那个女家就来退聘。原来张愈成在学校读书时，哥哥响应国家的号召去当抗美援朝的志愿兵，家里分的几亩田没人打理，他只好一边读书一边种地，影响了学业，经常受到老师的批评。有一次听得烦了，竟与老师扭打起来，被学校记过处分。此事已过去多年，没想到不是冤家不聚头，赛巧给张愈成介绍的对象，竟然是那个相打老师的孙女。那老师得知孙女说下的对象就是当年在学校跟他相打的小子，二话没说立马就退。

这家一退，那家也不明不白地跟着退，父亲的婚事还没开始就结束了。

儿女之情总是有人欢喜有人愁。父亲的婚事被耽搁下来，没想到塞翁失马，焉知非福？为日后成就美满的姻缘埋下了伏笔。真正目光如炬的是母亲的姨妈——我们尊为下坝嬷的。她与父亲在村里分属不同的房头，却住在同一条楼围，只不过她家在西头，父亲家在东头，彼此不算生分，但平时的确交往无多，况且父亲从小到大，为了生计，外出多在家少，估计不会给村里这些婆婆妈妈们留下什么印象。

然而，同样不识字的下坝嬷却独具只眼。在村里，她虽属女流之辈，却极有主见，颇具决断力，这与其说是她的经历的磨砺，不如说是她的悟性的果实。她不到二十岁从邻村西石村嫁到下坝，几年后丈夫就到泰国做生意，家里几十亩田地就由她一手操持，秋收冬种，放租收租，一应俱全，滴水不漏；她本人没有生养，但全家近十口人，吃喝拉撒，上墟落市，全都安排得井然有序。她个性刚强，却又极富爱心。她只有一个妹妹，也就是我的外祖母，嫁在邻村乌洋村，与下坝只有一路之隔，外祖母生三女一男，体谅下坝嬷膝下没有亲生儿女，就把二

独具慧眼、干练果决的下坝嬷林秀珍（1952年8月）

女儿送给下坝嬷当女儿，下坝嬷视同己出。但外祖母毕竟家里穷，拖累多，母亲刚生下来不久，就准备送给山里人家做女儿，那家人贪得无厌。不但白得女儿，还要外祖母倒贴十块大洋和一粒纺纱，声称大洋买奶粉，纺纱织尿布，外祖父气不过，就把母亲留下来自己喂养。

母亲两周岁多一点时，母亲的弟弟出生了，生性软弱的外祖母更加不堪重负。下坝嬷不忍心妹妹受累，遂把母亲带到下坝抚养。母亲于是得以与二姨妈一样在下坝嬷的眷顾下长大。当然，待遇有所不同，二姨妈是真正的女儿，下坝嬷让她从小读书，一直读到高中毕业，这在村里是绝无仅有的；母亲则从小放牛、拾猪粪，与下坝嬷的养子、媳一同椿米、干农活。母亲在下坝长到十三岁时，舅舅要到三饶读书，其时外祖父已去世多年，家里只剩下外祖母一个人，下坝嬷怕外祖母孤单，就又把母亲送回乌洋，与外祖母相依为命。

岁月不居，母亲在乌洋已长成大姑娘。不是母亲、胜似母亲的下坝嬷，此时已相中一个后生，要为母亲撮合婚事了。那时，二姨妈已出嫁，富于远见卓识的下坝嬷深恐日后孤寂，打定主意要把在下坝长大的母亲留在身边。在村里众多的后生中,下坝嬷已暗中属意勤劳朴实的父亲。

经过精心的谋划和繁复的铺垫,一天中午,祖母借家里来客人之便,请下坝嬷和母亲一起到家里吃芋头饭。饭后,父亲与母亲的亲事就正式地定下来。

母亲黄东云(左一)年少时与下坝嬷(右二)、二姨妈张蟾蛤(左二)、二姨丈高鸣钟(右一)的合影(1953年9月)

5

1955年12月,父亲与母亲在简陋的家里结婚。婚后,小两口与祖母、伯父、伯母合住在一个老房子里。老房子是那种不规则的二层小楼,是家族鼎盛时期,老太公置下的产业。上厢房是祖母的卧室,隔一堵墙连着家里的灶台和饭厅,再过去就是一个小天井,天井边是一个小客厅和下厢房。楼上住着伯父一家,父母亲的新房就安在天井边的下厢房。

父亲与伯父从小一同受苦,一同"走山内"。虽说后来伯父到潮州城内给曾祖母的三妹家开的息珍园饮食店先做跑堂、后帮理数,一起劳作、相处的机会渐少,但仍然兄弟情深。如今兄弟各自成家,共居一室,一起奉养老母,同享天伦之乐。祖父如地下有知,也当感到欣慰。

然而,美好的总是短暂的。人是群居的动物,又是迥异的个体。因为出身、性格、修养、地位、观念的不同,导致家庭不睦、妯娌失和的悲惨图景,比比皆是,纠结不已。可痛的是,母亲一进婆家门,就陷于剪不断、理还乱的家事旋涡。在母亲眼里,伯父伯母都不易相处,伯母是大媳妇,大事、小事都要管着母亲。偏偏母亲身材娇小,但爱憎分明,服理不服权,吃软不吃硬。这样,两妯娌遂针尖对麦芒,经常起争端。有一次,母亲在大门外的井边洗衣服,伯母串完门从巷子里进来,大约因为前一天两人已生龃龉,见到母亲,遂相骂起来,母亲不甘示弱,跟伯母对骂、打架,虽然力有不逮,但母亲毫不畏惧,奋力反击,两人扭打成一团,等到邻居来劝架时,彼此都打得鼻青脸肿。

见证岁月流逝和家事纷扰的庭中老井

母亲与伯母已是势如水火,日子无法再继续过下去了。父亲夹在中间,不好说什么,伯父提出分家。兄弟两个小家庭一起吃饭还不到一年,就要分家,父亲感到悲伤,但更多的是无奈。十月秋收时,父亲被大队派到竹排楼去称谷,村里分泰阳楼和竹排楼两个自然村,泰阳楼是大村,有五六个生产队,竹排楼是小村,有两三个生产队,为了反瞒产,到了稻谷成熟收成时,两个自然村就互派称谷员,整整一个月,父亲都在竹排楼称谷、晒谷,等到谷装好,仓清好,将一间间饱满干鲜的稻谷移交给竹排楼,满心轻松地回到家里时,伯父却说他无法维持这个家了,干脆分了家后大家可以各自去奋斗过年,也可以省却很多操心事、烦心事。

说是分家，其实能有什么家当可分呢？不过是重新界定一下眠床位，祖母睡觉的上厢房分给父母亲，外加一个小木头箱，这就是全部的财产，而分到的稻谷无法吃到春节，米缸空空如也。

生活是一种态度，也是一种信念。穷则思变，即便在十分困难的时代，仍有人的活路。父亲跟母亲商量，第一个自己过的年，不能饿着肚子，不能短了志气。商量的结果，是向父亲的肩膀要生产力，这是唯一可以挖掘的资源。

离春节还有不到一个月，父亲决定到离凤凰镇不远的坪坑仔担叶到浮山圩卖，以赚取几块钱的差价过年。这些所谓叶是叶片稍阔的甜竹叶，出产在山里，卖到圩镇做竹笠或雨篷之用。坪坑仔处在离村里二十多公里山路的西北方向的深山里，而浮山圩则在村里的东南方向，相距也是二十多公里，三天一个圩日。平常时间，一个圩日在出产地挑一担叶到浮山圩售卖就算不错，因为年关在即，父亲仗着年轻体健，漏夜到坪坑仔多出一次货，以便在圩日时让我母亲一起前往浮山圩，这样就相当于一个圩日出了两次货。

但欲速则不达，人的体力毕竟有其局限，过度的消耗将造成难以为继。从坪坑仔挑第二担叶时，父亲恰巧与同村的族兄张腊理同路。他们一人一担叶，从坪坑仔一起出发，冬日的山风虽然十分凛冽，但重担在肩，上岭要吃力，下坡要留神，特别是绵延近十里路的七曲岭，一圈又一圈地从高处往下走，来到径脚铺，已是大汗淋漓，腰酸腿软了。他们照例在径下的风雨亭上歇脚、喝水、休憩片刻。

稍事歇息后，父亲与张腊理继续赶路。这段路到村里是好走的平路，本可一鼓作气直到家门，但父亲因前一天劳累过度，此时已精疲力竭，双腿像灌了铅一样再也迈不动了，好不容易挨到了离新塘圩不远的

父亲曾多次歇息过的新塘圩榕树下

榕树下，父亲对张腊理说，你先走一步，我在榕树旁小便一下。

父亲刚把担子放下，就再也支持不住，双腿一软，瘫坐在地下。他本想歇息一下再把担子挑回家，但试了几下都未能把担子挑起来。起早摸黑几十里路挑过来，难道就这么半途而废？他确实心有不甘，站在担子旁斗争了好久、懊恼了好久。就在父亲戴上斗笠，拿起浴布，无可奈何地准备离开时，父亲忽然心生一计，干脆把整担叶放在榕树下，把斗笠和浴布搭在扁担上，伪装成主人没有走远，只是到旁边上厕所的样子，然后就不管不顾地快步去追赶张腊理。

张腊理来到新塘圩，还见不到父亲的影子，正在纳闷时，看到父亲空着手走来，就问父亲那担叶呢，父亲说，丢了。

张腊理感到不可理喻，就数落父亲道：你这死猴，哪怕多行几步，担下来搭在新塘圩的香菇家也好。香菇是村里嫁在新塘圩的。

父亲摆摆手，示意他不要声张。

两人一路无话，回到村里。

母亲已经在黑夜里等了好久，见到父亲平安归来，一颗悬着的心落了下来，没有多问，更没有多想，安排父亲吃饭、洗澡、睡觉。

父亲因为累了几天，睡得比较迟才起床。母亲一早起来，先吃完饭，然后到溪边洗衣服，洗完回到家里，已是八九点钟。这时，父亲刚好起床，见到母亲，就让母亲到新塘榕树下挑一担叶回来。

母亲以为听错，疑惑地问了一句：你说什么？

父亲又重复一遍。母亲这才说：榕树下那块地怕没给人抬走。

父亲说：你去看看，有就挑回来，没有就算。

母亲于是急急往新塘圩的方向赶去。在薄雾中，在冬阳下，母亲远远地看到榕树下那一担显得有些孤单的叶，以及扁担上的竹笠和寒风里微微飘动的浴布。

当日后说起这一幕时，母亲常常慨叹当年世风的平靖与人心的淳朴。所谓路不拾遗，夜不闭户，说的就是这样的一种太平景象。

因为这两担叶，父亲和母亲的第一个属于他们自己的年夜饭吃得格外踏实，也格外舒心。

第二年秋收后，又是春节前的一段农闲时间，父亲在家里闲不住，就到福建去给人家抬木料。木料多是沉实粗壮的家伙，山路既难走又容易打滑，一个冬天干下来，父亲又黑又瘦，但有十几二十元揣在兜里，回家过年，他心里仍是喜滋滋的。

在回家的路上，父亲看到同村去的张成锋、张永平、张愈成等都穿得比他光鲜、像样得多。走在这一群老乡中间,向来不讲究吃穿的父亲忽然有了一种自惭形秽的感觉。一路上,这种若隐若现的感觉越来越强烈地啃噬着父亲的自尊心。

回到家里,父亲欲言又止地与母亲商量,这出苦力挣回来的一点钱,是用来买猪肉过年呢,还是给他做一件大衣?如拿来过年,这个年就会过得滂沛一些;如拿来做大衣,就冬天能御寒,出门也能跟得上别人。

父亲正在犹豫不决,母亲却斩钉截铁地说:有人嫌墙路没人嫌墙底,过年少吃点猪肉有什么?当即请了镇里最好的裁缝为父亲做了一件新大衣,从此,这件大衣成了父亲一生最好的衣服,逢年过节才会拿出

正对着鸡笼山的下坝村泰阳楼大门

来穿几天，而且从未下过水，始终保养如新。后来有一次借给伯父到新丰镇葵坑村张姓同宗做亲人，吃饭时不小心在前襟上滴了两三点油，无法擦干净，遂留下了一小片渍痕，作为岁月的见证。

父亲去世后，这件大衣由母亲作为大姐的嫁妆送给了姐夫，现在这件大衣就在姐夫家里，成为父亲留在这个世界上唯一的遗物。

6

1958年下半年，村里实行公社化，即农村人民公社。

这年8月，毛泽东主席视察河南七里营人民公社，肯定"人民公社好"。全国迅速开展了轰轰烈烈的公社化运动，人民公社成为全国农村政社合一的管理体制，其特点是一大、二公。这个创举随即在号称"省尾国角"的下坝村得到了不折不扣的贯彻。村里实行人畜分居，集中居住，集中吃饭，集中劳动。父母亲原先居住的房间被腾出来作为村里的食堂仓库，整个房间放满了新腌制的供全村人吃的酸菜，而父母亲和刚出生不久的姐姐就借住在下坝嬷家里。

公社化是新生的中国在农村的全新试验。村里提出的口号是："组织军事化、行动战斗化"。凡是劳力都要参与全天候的劳动：上午在田地里干农活，下午在晒谷场里干农活，晚上在大食堂里干杂活，而且统一出工、收工，听喇叭定行止，喇叭一响，就是在厕所也得立即提起裤子往外跑，否则就得挨大队干部的骂。至于吃饭，则统一敲锣，"咣咣咣"锣声一响，在四田洋干活的人们即刻丢掉手里的活计、工具，争先恐后地奔跑着赶回大食堂吃饭，因为一迟到就吃不到什么东西。有时锣声敲响,正在耙田的师傅也顾不得很多,连耙带牛就停在水田中间,牛绳一放,撒腿就跑,等吃完饭回来,牛还在水田里站着。那大牲畜一定奇怪贵为万物之灵的人类何以如此下作,如此着急,如此不通"牛性"?

父亲总是被派去干最重最累的活,原因是他年轻力壮,态度温和,听从吩咐,从不讨价还价。这些重活都是农村骨干劳力的当家活,主要是犁地耙地,开荒造田,或者踏水车、戽田水,有些要出暗力,有些要讲技巧,有些要善协调,父亲样样都拿得起、放得下,因此很受生产队甚至大队干部的器重,有时一些比较体面或讨巧的活也会派父亲去。有一次,生产队食堂安排父亲与张永平、张愈成、张学镇、张学养等五人到乌洋大队出谷,乌洋是与下坝相邻的一个大村,那时刚实行公社化,下坝与乌洋同一个大队,大队部设在乌洋,生产队干部安排父亲等五人到乌洋大队部挑稻谷到三饶粮所,换成大米再挑回村里供大食堂食用,大食堂给每位派工的劳力补助一斤米饭,实际上是一顿饭的指标。父亲他们很少有机会相约到镇上出工,于是商量着补助的那顿饭不吃干饭,改喝稀饭,剩下的那些米凑在一起拿到镇上去卖,然后用这点钱到照相馆照了一张集体照。这张集体照是父亲他们风华正茂的见证,也是年轻农友纯朴友谊的见证,前面是愈成、学镇、学养三人坐着,后面是父亲和永平两人站着,其他人都略显严肃,只有父亲面带微笑,宁静地望着远方,仿佛对未来的生活有无限的期望。除了集体照,父亲还留下了一张个人照,仍是那么宁静地望着前方。这一次的照相成为父亲一生中唯一留下来的影像,成为我们永远弥足珍贵的记忆。

父亲生性内向,不善交际,却在共同的境遇与艰辛的劳作中处下不少患难与共的终生农友。除了照片中的几位,还有两位更是不能不

父亲（后排右一）与本村农友的合影（1959年初夏）

提的，一位是张成锋，另一位是张两愿。张成锋是父亲那一拨奔波在外的伐木者的领头羊，他辈分最高、年岁最大、经历也最坎坷。他原来在大队当干部，后来因为得罪人、做错事，被撤职、拘禁、开除出队。无奈之下，他只好自谋生路，偷做火纸，让小伙计张愈成趁着夜色赶夜路送到深山里的山角、后头湖等小村，放在张成锋的亲戚家里代销。销得差不多的时候，张成锋再进山去把工钱收回来。在多次往返与对外接触中，张成锋了解到本县及大埔、丰顺、福建平和等周围数县有不少木材需要定期砍伐，于是他从本村平时比较有交往的人中挑选了几位木匠功夫过硬的伙计，神不知鬼不觉地拉起了一个木工队，由张成锋到各处揽活回来给大伙做。

在人民公社体制下,农民外出需有大队的证明,私自成立所谓木工队是非法的,瞒天过海外出揽活更是非法的。所以,父亲他们这些地下木工队要外出干活并非易事,只有在每年农历三月或八月,田布好,肥施好,处于农闲的时候,木工队的成员才敢化整为零地到大队长张娘镇那里请假外出,张娘镇也心知肚明,心情好时就批准他们出去,心情不好时就卡住不放。父亲他们就赌咒发誓按时回来,并且主动向生产队买工,一个工买一元钱,年底从生产队分回来时一个工只有五角钱,以此来增加生产队的收入,张娘镇这才睁只眼闭只眼地放行。

这边张娘镇的放行条刚开,那边张成锋的木工活已派好。这一次,他们是到三饶公社溪西大队南陂祖厝去砍伐山梨和枫树。山梨木质密实,枫树枝节横生,都不是好对付的树种,好在砍伐这些杂树只是用作柴火烧,不必细究锯路的长短,无须考虑下斧的方位,可以说干这样的

流经高陂镇的韩江,它是潮汕大地的母亲河

粗活是没有多少技术含量的，但是，父亲他们仍然干得细致，认真，扎实，因此，渐渐地就有了一些口碑。

真正让父亲他们声名大振的是在韩江林场上游一个叫上伦墩的小村子锯木。韩江，是广东省境内仅次于珠江的第二大河，昼夜不息的滔滔江水发源于广东紫金县的琴江和福建长汀县的汀江，蜿蜒数千里，洒落下无数的支流，其中有两条重要的支流从大埔县的高陂镇逸出，经由桃源镇，流向饶平的韩江林场、食饭溪，到达三饶，流过黄冈河，最后融入浩瀚的太平洋。韩江林场一带山高林密，道路崎岖，不易进出，倒保留了一片高耸云天的原始森林。而上伦墩就是从饶平的韩江林场进入大埔桃源镇的第一站。这个两县交界的无名小村，于是上演了当地史上的精彩一幕，也成就了父亲与张愈成能工巧匠的名声。

大约那时饶平县需要一批木材，成片地锯成木板，通过三饶镇供销社来组织实施。因为供货急，时间紧，供销社方面同时找了西石村、下寨村、下坝村三个木工队一齐开工。在一小片山坡的开阔地，三个锯棚一字儿排开。每个锯棚两人，分上下两层，一人在上，一人在下，推动大锯，一迎一送，登时锯声大作，锯末横飞。每天从早干到晚，中间只歇了一会儿吃午饭，饭后又继续干到日落西山才收工。收工时，由三饶供销社的管理人员来查货验收，连续三天，父亲与愈成代表的下坝队都要比其他两队多三尺板。西石村和下寨村的木工队先是不相信，认为下坝队虚报数字，每次都要求管理人员复查，复查的结果当然是维持原判；继而又不服气，说是下坝队的工具好，要互换工具试试。然而，真金不怕火炼，换过工具之后，第四天和第五天仍是下坝队比其他队多出三尺，这下子他们就疑惑起来，干脆放下自己手头的工作，专门跑到下坝队的锯棚下来看个究竟。不看不知道，一看吓一跳，原来下坝队采用垂直锯面，锯一次就能吃进半尺深，当然这需要耗更大的力气，有更好的技术，而其他两队一直采用倾斜锯面，这样锯路长，又吃力，而且效率低。重新回到各自的锯棚，两个队的人都想学垂直锯，由于没有专门训练和长期坚持，根本锯不动，两个队这才对下坝队每次都遥遥领先表示口服心服。父亲和愈成虽然功夫好、体力好，但毕竟是锯锯到木，要使暗力，因此，每人每天都要喝掉两小桶水。父亲身材高大，腿壮臂长，常站上码；愈成个子敦实，反应灵敏，处在下码。两人干活时动作协调，配合默契，全神贯注，挥汗如雨，收工下来都累得筋疲力尽，却也身心愉悦。大家在黄昏的树影底下，围坐在一起，一边吃着简单的饭菜，有说有笑，一边任凭山风吹拂，享受劳动后休息的快乐与充实。

寒来暑往，木工队几经变动，但父亲始终是不变的一员。同时，在

哥哥张培林重访父亲在上伦墩锯柴原址（2012年4月）

三级所有、队为基础的铁板一块的体制下,张成锋和他的木工队能纵横两省(广东、福建)六县(饶平、大埔、潮安、诏安、平和、南靖)十多年,在当地可谓绝无仅有。不过,核心区域主要还是集中在饶平与大埔一带,他们像候鸟一样迁徙着,一会儿在彭坑,一会儿在青山,一会儿在斋公崇,一会儿在白目輋,高强度的劳动,超负荷地运转,颇使他们有疲于奔命的感觉,有时到深山里砍柴,走了三四里路天才放亮。而临时居住的地方,往往骤冷骤热,气候恶劣。在一个叫十脚亭的地方,因为山高,终日不见太阳,虽还不到冬天,但父亲每天晚上睡觉之前,一定要在做饭的锅里放一锅水,第二天起来后,整条山坑的水都结了冰,把那锅水烧开,就可以洗脸、做饭,一天的劳作才能由此而展开。

虽然劳累,虽然奔波,但父亲还是乐意追随由张成锋带领的居无定所的木工队。因为劳有所获,父亲每天除了能吃饱饭,还能拿到整三元的工钱,这几元钱是在村里劳动工值的好几倍,将它们集中起来就可拿回家里以敷日用和改善生活,这是在村里单纯劳动所无法做到的。

然而,卑微的收入有时却要付出生命的代价,这是父亲和他的农友们做梦也没想到的残酷现实。父亲清楚地记得,那个秋冬之际,他们木工队从大埔的一处地方转到离韩江林场食饭溪不远的一个叫作白水磜的地方继续伐木。在崎岖的山路上,大家肩挑重重的行李,汗流浃背地赶路。这时,在木工队长张成锋布袋中的收音机里,突然传出来一阵阵的欢呼声,在时断时续的沙沙声中,大家终于听到我国第一颗原子弹爆炸成功的消息。在木工队里,只有张成锋有收音机,一个是他喜欢听潮剧,另一个他是这班人的头,要及时掌握天气动态,以便在转移时可以根据天气情况确定行止,以策安全。于是,在平时,无论是在山上,还是在路上,听收音机成为木工队的公共娱乐。此刻,这些行走在深山小道上的农民，对原子弹爆炸尚懵懵懂懂，他们不知道，很快他们自己就将经历一场精神的原子弹爆炸。

来到白水磜，日已正午。张成锋把大家分成数组，一组去磨斧头，维护工具；一组去砍大树，抓紧备料；一组去搭篷寮，用以居住。还有一些人捡拾柴草，生火做饭。大家分头行动，寂静的群山一下子热闹了起来。

父亲和张两愿被分去搭篷寮，张海水和张永平等几个则被派到对面山去砍树。日已偏西时，篷寮已搭得差不多要完成了，张两愿直起身子，看到山对面张海水在砍一棵树，"梆梆梆"地传来一声声钝响，却砍了很久也没砍下来，张两愿听得不耐烦，一反平时温和的神态，斥责张海水"不顶用"，一棵烂树都对付不了，一边骂骂咧咧，一边提起斧头就要过去。父亲连忙拦住他，说他这几天身体有病，不宜出大力，那树砍多砍少又有什么关系，就让海水多砍几下就好了，有什么相干呢？没想到张两愿用力拨开父亲，提着斧头径直走到对面山，没好气地叫海水躲开，让他来收拾这棵树，他不相信这棵树是神仙，他能对付不了它？

众人纷纷退下，张两愿又趋前两步，挥动斧头，一五一十地狠砍，不一会儿，树干便发出毕毕剥剥的声响，眼看树身向一侧倾斜，张两愿又猛砍了几斧头，说时迟，那时快，向旁边倾斜的树身仿佛被什么东西撞到一样，又弹回来，向张两愿这边猛砸过来，众人发出一阵惊呼，高喊张两愿快走，张两愿因身体虚弱，躲避不及，被沉重的树身狠狠地劈下，当场就砸昏过去。

众人七手八脚把张两愿抬回刚刚搭好的篷寮，父亲连忙舀一碗水喂他，喂到一半，水就直往外流，喂不进去了。父亲和大家带着哭腔急

张两愿的小儿子张添如（1978年3月）

喊："两愿！两愿！"

张两愿却永远地闭上眼睛，听不到他的乡亲、他的兄弟一声声悲戚的呼喊！

这一天是冬至。他的小儿子才两岁，走避潮州失陷落户到下坝村里，后来嫁给他的妻子正做好冬至的汤丸等待他回去团聚。

7

穷惯了，饿怕了，父亲总有一种出外觅食的冲动。家虽温暖，却是他不愿意久留之地，这是一种吊诡，一种无奈，一种现实生活的反讽。只有一种情况是例外，那就是我们兄弟姐妹出生的时候，他愿意忍耐着留在母亲的身边照顾她。

姐姐出生时，正值公社化，又遇上大旱，为了确保大灾之年夺丰收，全村男女老少齐上阵，挑水、戽水、车水，十八般武艺都派上了用场，一时间沟壑纵横，绿波荡漾。父亲是队里的壮劳力，白天要参加抗旱，晚上要统计数字，包括出工多少，车水多少，灌溉多少，都要当晚形成数字报到大队部。因此，照顾母亲的事情就只有在出工前的早晨时分。那时伯父一家已经搬出老屋，住到另一间房子，母亲和刚出生的姐姐住在老屋的二楼，父亲很早起来，把母亲一天要吃的米、肉、蛋、油、盐、水，以及用的桶、碗、炉、锅等，全部搬到二楼，把锅埋上，把炉子的火点上，要吃干的稀的荤的素的，全由母亲自己做主，母亲整个月子，父亲就这样两头顾着，却始终未曾给母亲做过一顿饭。

到哥哥出生时，恰逢三年困难时期，一切就变得捉襟见肘了。按照潮汕风俗，哥哥是家里的第一个男孙，刚出生落地时，家里就要焖甜糯米饭，分送外家和本家，既是通告，也是报喜。但因遭遇经济困难，正常的生活秩序打乱了，基本的生活保障崩溃了，很多地方没有粮食吃，只好挖树根、草根、香蕉头充饥，甚至吃观音土，情形最好的也就是"瓜菜代"。所谓"瓜菜代"，就是以瓜类和菜类代替粮食果腹。因为营养不够，很多人手脚浮肿，浑身乏力，生命悬于一线。哥哥在此时降临人世间，可谓生不逢时，让母亲吃饱以保证充足的奶水已属不易，焖"分饭"这种在平常日子的喜庆仪式，此时则变得遥不可及无从兑现。

直到我出生，父亲母亲这个卑微而庄重的心愿才得以偿还。

1965年秋季，经过农业学大寨和生产自救以后，农村已走出三年困难时期的阴影，村里的经济开始走向复苏。又到了夏种以后秋收之前的农闲季节，憋屈蛰伏了几年的父亲再也坐不住了，又硬着头皮到大队长家里请求放他到山里锯木。大队长告诫父亲要注意影响，不要老往山里跑，并受到大队长的一顿训斥。父亲耷拉着脑袋，无精打采地往家里走。

母亲宽慰父亲说：不去就不去，何必招人骂。

父亲说：骂就被人骂，我头低低给人骂就是了。如果口袋里半分钱都没有,你说怎么办呢?被人骂也要去,只要不打我就可以了。

母亲怕父亲受委屈,表示苦日子别人能过,我们也能过,没必要总是低三下四地上人家的门槛去赔笑脸、说好话!

那是一个票证时代,凡生活用品和紧俏商品都是凭票购买,定量供应。生产大队每人每年发放布票一丈二尺,糖证每人一两半,很多家庭都没钱购买,只好拿去出售。父亲说,连一两糖都买不起,他可受不了!只要有钱赚、有饭吃,再苦再累的活,他都能干;再难听的话,他都能听!农历八月,正好是割草的季节。家里一年要烧很多柴草,全靠这个季节到山里砍割、晒干,然后捆绑成担挑回家里,在村前屋后扎个草垛,以供全年之用。由于山高路远草担重,每年的草季,对妇女来说是个考验,也是难关,一般家庭都是夫妇俩一起上山割草,共同承担。我家的草山分在离家十多里山路的一个叫牛路涵的地方,那里地处僻远,无鸟声无人影,母亲以不敢单独去割草为由,试图阻止父亲出门去锯木。

父亲对母亲说:你不用怕,我跟你一起去把柴和草全部割下,在山上晒干后,你再慢慢地把草挑回家。街市上没人说有米而没有柴火烧在

1966年流通市面的全国通用粮票

饿肚子，街市上都是有柴草而没有米才会挨饿。没柴草没关系，没有米才麻烦。

母亲见说不动父亲，只好使出最后的撒手锏，说生我的预产期已差不多，不要出门去锯木了，留在家里照顾她坐月子。父亲说他只是去离家不远的南陂祖厝那里锯木，等到临产时随时请村里的后生张坤如去叫，他当晚就能回来。

母亲见拦也拦不住，只好让父亲出门去。

母亲极勤劳，有主见，又敢担当。父亲出门去锯木，只会比在家里更累，他也是爱这个家，既然他不怕苦累，把这个家交给她，她就要把这个家打理好，把一年的柴草收回来。输人不输阵，因为男人没在家，就使家不像家，让别人看笑话，那不是母亲的性格。

虽然身怀六甲，母亲仍然每天到牛路涵挑柴草。我出生那天，母亲记得特别清楚，她从早到晚忙个不停，不知做了多少事情！当天她起大早，煮完早餐，喝了几碗粥，擎起尖担（挑柴草的粗大木工具，因两头尖，故称之为尖担）就独自到牛路涵，满满绑了一担柴挑回来，到家时日头还没过午。

母亲把柴担停放在内门楼的山墙侧畔，累得腰酸腿软，就势坐在门槛上歇息。姐姐已长到七岁，她刚好把中午全家人要喝的粥煮好了，见母亲回来后疲倦得不行，就懂事地问母亲：姨（我们按农村风俗管母亲叫姨，管父亲叫丈），我把粥擎过来给你吃好不好？

母亲说：好，你去拿，拿来这里给我吃。

姐姐就一碗一碗地端过来。母亲肚子又饿，口又渴，就着酸咸菜，一碗两扒三扒没几口就吃完了，姐姐就像一个小运输工，进进出出地来回跑了好多趟。那个中午，母亲足足吃了一钵粥！

吃过午饭,母亲劳作的劲头又恢复了。她叫姐姐把猴刀、柴墩搬来,坐在门槛上手起刀落地开始劈柴。还没完全劈好,尚差一小捆的时候,生产队的阿义在楼围吆喝大家到后操场收粪,吆喝声越来越近,阿义进到巷子里专门请母亲一起去参加生产队的劳动。

母亲说:我不去,我在劈柴。

阿义是生产队的副队长。他性格和蔼,墨水较深,比较好说话,人缘也好,大家有什么话、什么问题都愿意向他反映。听到母亲直截了当的回答,他心平气和地说:那好,去也行,不去也行,现在的工作不忙;多个人可以,少个人也没关系,要来就来,不来就不来。阿义就这么一边喃喃自语,一边向巷外走去。

母亲继续劈柴。全部劈完后,又绑成一小捆一小捆,提到二楼棚顶

作者的祖屋

的角落里码好；看看时间尚早，就出巷口，走到楼围，看到同生产队的乌记、清桂她们还在门外坐着闲聊，就凑过去聊了几句，然后各自回家收拾农具准备出工，母亲也从门角落里提了一把锄头，跟着生产队的人三三两两地到生产队的后操场一起收粪。那些粪实际上是浇了土杂肥经过太阳多次晒过的泥土，已经晒好或遇到下雨时就要出动队员把粪收起来，放在生产队的杂物间，作为田间肥料随时备用。那时化肥是稀缺资源，水稻番薯的生长多数依靠土杂肥的恩典。

出工两个小时，就能记上五分工，年终就能多分五角钱，何乐而不为？收粪回来，太阳还没下山。母亲隐隐约约感到肚子有些微痛，十月怀胎，屈指算来，时辰差不多了，应该就在这几天了，该做些准备了。

主意已定，母亲打算去烧水洗头。

正在此时，下坝嬷在巷门口给母亲喊话：东云，东云，去光埔挖芋头，光埔很多人在挖芋头，我今天早上帮你牵了一段番薯藤，你快去挖。

母亲说：我不去挖。

下坝嬷说：怎么可以不去挖，我都帮你把番薯藤牵好了。

芋与番薯在一起是一种间种方式。先种下芋头，过段时间再种番薯，这样两种植物在生长时不会互相抢肥，而是形成一种共生效应。到芋头可以收成时，番薯还要继续生长，因此要把番薯藤牵好，以免在挖芋头时伤害到番薯。实际上这是种植的一种差异化。

下坝嬷问得紧，母亲只好以实相告：我不去挖芋，我要来烧水洗头。

下坝嬷听到母亲这么说，心里已明白几分，遂进到屋里来。关切地问母亲：是不是肚子不舒服？

母亲说,肚子无大碍,就是感到人有点不对劲。

下坝嬷就叮咛母亲仔细一点,她晚一点再下来。

母亲就把水舀到大鼎里。还没生火,忽然想起要吃甜芋头。遂取出半年攒下来的糖证,到村里的小杂货铺买一包红糖。回到半路遇见聚婆,聚婆见母亲手里拿着的红糖。随意问道:买红糖做什么?

母亲说:买红糖煮甜芋吃。

聚婆心领神会地说:看来煮甜芋吃完后就要掂眠床了。

聚婆是生产队副队长阿义的母亲,她与母亲一样不识字,却有极好的悟性。"掂眠床"在村里就是生孩子的意思;吃甜芋是为了生孩子时有力气和有热量。

母亲购买红糖的小杂货铺

母亲回到家里，手脚麻利地一边煮甜芋头，一边烧水洗头。吃完甜芋头后，又赶紧洗澡。一切准备工作就绪后，母亲又趁着夜色未浓到泰阳楼里，按照父亲事前的吩咐，请张坤如到三饶镇的南陂祖厝通知父亲回来。

暮色苍茫时，母亲已躺到眠床上待产。这时，下坝嬷又赶过来，母亲告诉她这里没什么事了，请她把7岁的姐姐和3岁的哥哥带到她那边睡觉，等一下父亲就会回来。

下坝嬷带着两个孩子走后，整个老房子忽然变得空荡荡的，只剩下母亲一个人。这个夜晚，显得有些漫长。母亲左等右等，总不见父亲回来，母亲有些怨恨父亲太狠心。到晚上九点多时，母亲的肚痛逐渐明显，她更加渴望父亲能够及时赶到。正在母亲辗转难安之时，大门"吱"地响了一声，母亲警觉地问：谁？

黑暗中一个声音响起：我。

是张坤如。母亲虽在难受中，仍很清醒，遂追问一句：那他呢？

张坤如：他去彭坑了。

原来，张坤如受母亲之托，到南陂祖厝时，已是人去场空，只留下一片刚砍过的树林，问当地人，说昨天已离开，到四站下了。张坤如赶到四站下，又被告知下午去彭坑了。彭坑是在食饭溪进去更远的地方，已是大埔的地方了。因为路途太远，张坤如只好返回村里。在村的杂货铺里，张坤如因为叫不到父亲，正在犹豫是否应该告诉母亲，店铺里的人说，叫不到就更应该告诉，否则有事情不是给耽误了？张坤如这才来向母亲回复。

这时，母亲的阵痛已是一阵紧似一阵，已经无法指望父亲回来照顾了。她当机立断，请坤如马上帮助去请接生婆赛巧婆和下坝嬷来。

坤如前脚刚走，母亲的肚子就开始大痛，她没力气点火，也没办法喝水，就在黑暗中咬紧牙关，忍着焦渴，等待接生婆的到来。

晚上十点多，接生婆还没赶到，我已经伴随一声响亮的哭声，呱呱坠地了。

第二天，伯父才赶到彭坑把父亲叫回来。

父亲回到家里，喜忧参半。喜的是家里又添儿子，忧的是误了时间母亲不理他。毕竟喜气盈门，母亲很快气就消了，父亲母亲便商量着如何抓紧焖"分饭"，生老大时没有条件焖，现在生老二就要滂滂湃湃地焖一回"分饭"。

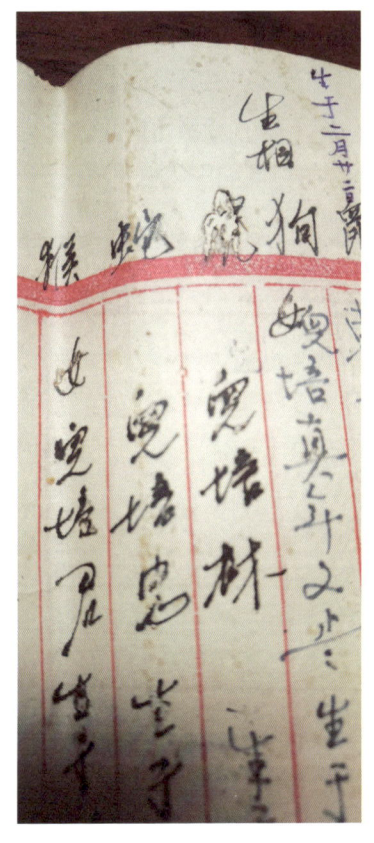

父亲记载子女生辰的记录本

按照村里的风俗，生男丁焖"分饭"，一般在孩子出生的第三天、第六天或第十二天，因为一切准备工作都还没做，父亲便与母亲商量，决定在我出生的第十二天焖"分饭"，这样既时间比较从容，又显得比较庄重。

接着，父亲便紧锣密鼓地开展系列工作。焖"分饭"所需的基本材料包括糯米、白糖、瓜丁和花生油等。在当时，糯米是稀缺品，白糖、瓜丁是紧俏货，只有花生油偶尔能见到。因此，在备料时，父亲便煞费苦心。他听说竹排楼生产队有糯米，就以一对一、外加二成的代价从竹排楼换回一百五十斤糯米，又从长期合作的伙伴三饶镇供销社那里通过渠道购买了足够的白糖、瓜丁、花生油。

饭料备齐了，时辰到来了，父亲特意起了个大早，自己掌勺，连焖三大鼎，每鼎都是四五十斤米的大鼎饭，火候掌握恰到好处，油、糖、瓜丁等佐料配得又均匀又美观，该致送的每户一大海碗，先外家，后本家，再全村，大家品尝这难得的美味，入口即化，香甜扑鼻，村里村外无不交口称赞，没想到父亲常年外出，还是居家烹饪的好手。

这一年刚好是生产队的丰收年。多生一个孩子，家里能多分几百斤粮食，还有番薯和其他杂粮，可谓添丁又添财，因此，全家上下喜气洋洋。按照村里的传统，生男孩的，正月十一还要上灯，宰鸡杀鹅，椿圆做粿，答谢神明；正月十六，要主持或参与"营阿娘"，如果是头丁，就要牵头筹备有关事务，不是头丁，就协助头丁做好相关工作，让"阿娘"在全村的疆界巡游一番，以示香火有继，福泽绵长。

在这种乡村盛典中，父亲做得十分投入，也非常虔诚。

8

在我长到两岁的时候，父母亲开始商量着要自己建房子。

建房子是一个农民一生中最高的理想，也是最大的事功。父亲常年劳碌奔波在外，没有时间、更没有条件在这个轻易触碰不得的问题上多费思量。但母亲却有紧迫感，因为她有切肤之痛。首先是我们兄弟姐妹越来越多，原来的一个小房间已经显得拥挤不堪；其次是与我们一同居住在下厢房的细叔公张应通，好吃懒做，经常吃了上顿没下顿，当他没

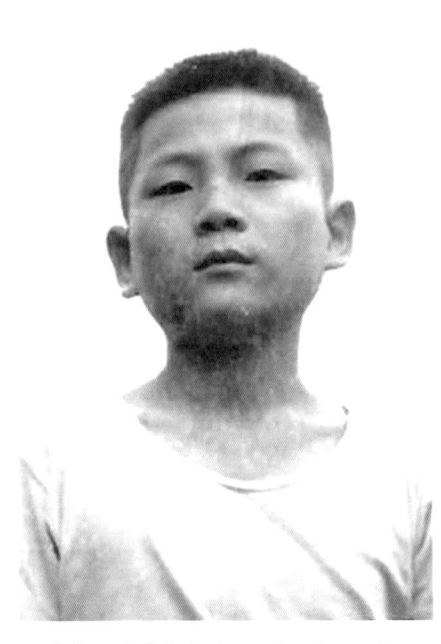

小学毕业时的作者（1978年6月21日）

米下锅时，他只会向母亲要；母亲一个妇道人家，要张罗一家四五口人的生活，父亲外出接济不上时，也会寅吃卯粮，但母亲心地好，只要细叔公开口，她多少都会给一点，有时的确米缸空空，她也就无能为力；当细叔公要不到的时候，他就会嘟嘟囔囔，说一些难听的话，年深日久，使母亲不堪其扰。更为糟糕的，是细叔公在下厅墙壁旁垒了一个灶，一日三餐都在那里做饭，烧的是稻草或湿柴，却没有烟囱通到户外，每次做饭，屋里屋外都是浓烟滚滚，全家人都被熏得睁不开眼睛。母亲恨不得早一天搬离这个令她食不甘味睡不安寝的地方。

1967年10月，"文革"狂潮席卷全国，氢弹爆炸震动全球，世界正热得发昏，世事已不可理喻，而在南天一隅的一个小村庄，世俗的生活仍在继续。下坝大队应社员的要求：计划安排一处地方给社员建房子，这是新中国成立后生产大队第一次给社员规划宅基地，虽然口号里嚷嚷着要斗私批修，但毕竟涉及社员的切身利益，因此很受全村社员的关注。

下坝自明代初年创村，至今已近五六百年，村址择定在凤凰山至望海岭中间的一条狭长平原之上，几经播迁，先在祖厝繁衍，后在下坝溪前后呈太极形两端各筑泰阳楼、居隆楼、竹排楼，累代不变。新中国成立后，居隆楼因土改时把整楼拆除，墙土当肥料下田，竹排楼也呈残破不堪之势，唯泰阳楼保存完好，傲然挺立。清康熙年间饶平县令郭于藩在《凤凰地论》中写道："尝观凤凰一山，吾饶之名胜也。层峦耸翠，巍然上出重霄；两峰叠峙，岩岫常带烟霞。都分七社，地接海阳。待诏佳气东来，突起巽峰；泰凤瑞星拱把，又夹坤峦。"由远处观楼，泰阳楼正门恰好对应着待诏山主脉，而泰阳楼之名其来有自：考诸历史，西厢乡除下寨村的张大纲于乾隆年间、西石村的林峥嵘于嘉庆年间考中进士外，就只有下坝村的张鹏翼和张奕封分别于乾隆年间和嘉庆年间考中举人。因此，下坝虽为小村，在当地却颇有"山川毓秀，人杰地灵"之美誉。

祖上村居格局既如此上乘，后人也就萧规曹随，不越雷池了。新建的房子遂围绕泰阳楼的北侧向外拓展，新中国成立前已经建了一圈房子叫楼围，新中国成立后计划要建的这一圈房子就叫新楼围。新楼围的建房计划由大队长张娘镇亲自组织实施，他向泰阳楼八个生产队的社员做

水光潋滟的下坝村泰阳楼

了宣传发动,大家自愿报名,机会均等,明确要起房子的先报名,暂不起房子的则抓阄,抓到号码的可以自由支配,或改变主意自建,或转让别人,这个号码也就成为虚拟的个人财产,绝无仅有地体现了纯朴的农民兄弟一点可怜的自由意志。

我家所在的生产队是第六生产队,这时已有多户报了名。并且在第一轮抽签看好了厝地。母亲铁了心要赶在这一轮起屋,但父亲冬前就去大埔的上伦墩做柴,三番两次托口信让他回来,都不见他的影子。母亲等得无名火起,怒气冲天:起屋的事,过了这个村就没有那个店,为何连这个道理都不懂?直到队里稻谷割完了,厝地插得差不多了,父亲才匆匆赶回来,一进家门,母亲自然没有好脸色,嗔怒道:

你去了一年都不回来!你去厝后看看,从顶到下,二三十间厝,厝地插好。有标有未标,说今年能起就给起,不能起的就不给起,你看要怎么办?

父亲疑惑地说:你想建房子?

母亲反问道:那你不想吗?

格局雅正、朴素大气的下坝村二房祖祠

父亲说：我现在还没本事建房子，我是不想建。

母亲心想，我天天在这个老屋里被烟熏得喘不过气来，那个难受劲，我可受够了！听到父亲一番泄气的话，母亲不满地说：你不建我自己建！借钱也要建这个房子，我和奴仔（孩子）不想在那个老屋里活受罪！

见母亲态度那么坚决，父亲颇有点被迫上梁山的味道：要建就来建吧。

父亲当晚就去找大队长张娘镇。那时第一批已经抽签并确定了八间，在北侧的西头，八月就开始动工了。父亲找到张娘镇陈述要求，大队长拿腔捏调地说，上次报名抽签的时候，怎么不建，为什么等到现在？意思是说我家在打小算盘，挑挑拣拣，选好的位置才说要建房。父亲因为出门刚回来，对前面的情形不是特别清楚，费了好大的劲才听出了大队长的弦外之音，忙不迭地解释说，我家没有挑，主要是家里劳力软，第一批时还拿不定主意，其实在哪里建都一样，只要有的建就好。正说着，同个生产队的张介如也来向大队长要求建房。两个人就轮流着或者合力说好话、软话，请大队长无论如何要格外开恩。毕竟分两批，再说也没有拒绝的理由，大队长张娘镇遂允诺第二天晚上进行第二批抽签。

第二批抽签会上，想建房的人和看热闹的人坐了满满一屋子。大队长张娘镇宣布了新规则，要建房子的都可以抽签，抽到的就建，抽不到的就不建，抽到而不建的也不能转让，抽到要建的必须在当年12月30日前建好房子，没建好的一律充公。所以，大家能否建房，自己要想好，抽到要建就要按规定进行，不能反悔。

新规则一出来，屋子里一阵骚动，接着是混杂的交头接耳声，然后就归于沉寂。静默了好一会儿，人群中站出了父亲和张介如，他们手

村前鸡笼山

气不错,都抽中了。大队长问还有谁要抽的,连问了三遍,再没第三个人走出来,大队长遂宣布抽签结束,第二批就只有两间房,排在前面八间房子之后,接着张介如一间和我家一间,必须在今年底完工。

这时已是农历十月,距离年底,满打满算只有两个月。六十天的时间,要从无到有平地建一间房子出来,其难度可想而知。但开弓没有回头箭,父亲和母亲只有豁出去了。

盖房子,屋地确定后,接下来最重要的就是备料和开工。所谓备料,当然不会有现在的钢筋、水泥之类,而是在休耕的田里做泥砖,到溪边捡石头,然后往深山里取木料。对于后者,在父亲来说,可谓是近水楼台先得月,因为在一年中他就有近三分之一的时间与木头打交道。

分定屋地的第二天,父亲就重返上伦墩,与当地的老乡兼朋友陈国周说要取一间屋料,包括椽角、檩条、栋梁等,请他帮忙购买。陈国周说,你早不说,等到现在才来说,像样的都给别人取走了。你如的确需要,就到山里现挑,把湿材取了赶紧扛回去,再过两天木材站就要检查，不让放行了。

父亲当即向在上伦墩做柴的村木工队求援，并连夜回家请村里的本家及熟人赶来帮忙，两支队伍，昼夜奋战，终于赶在木材站设卡前取足屋料，安全撤出。后来在新起的这一围新房中，要算我家的梁柱和椽角最好，木料最充足。

父亲备木料，母亲挑石料。那时母亲正怀着大妹，生产队出工时，母亲挺着大肚子，挑着畚箕，在歇息时、收工后，或晚饭前，见缝插针地到田埂边、小溪涧、山坡上拣拾石头，像蚂蚁搬家一点一点地挑回家里，一些堆在屋角，一些码在后院的杧果树下。

除了木料、石料等主材，造房子最大宗的材料则是泥砖。父亲选定了村东头鹅鞍头的一角田地，扒掉并留存种植层，挖开下面的红色黏土，打制并砌成一排排的泥砖，这些泥砖在冬阳的照耀下，闪烁着赭红色的光泽，像等待出列的士兵，随时准备着奔赴新的位置。

万事俱备，只待开工。父亲选定了黄道吉日，请来了张成锋、张永平等木工队成员和一批泥水匠，在简短而庄严的动土平基仪式之后，新屋正式破土动工了。

大队要求年底前必须完工，工期只有一个多月。来帮工的大都是亲朋好友，没有工钱，更没有工分，父亲和母亲所能做的就是将伙食搞得好一点，态度更殷勤一些。随着屋墙的不断升高，终于到了上梁的最重要时刻。正梁是从上伦墩取来的上等好材，上梁师傅是知根知底的老褡裆张永平，随着张成锋将象征大吉大利的红花秫草水洒向正梁后，父亲高喊一声："吉辰到！"负责做泥水的父亲的族弟张继添随即点燃了一串鞭炮，张永平紧跟着喊道："上梁！"在一片热闹的鞭炮声中，大家用绳子将正梁慢慢地抬高、抬高，然后稳固地安放在整

村后待诏山。当地民谚:"待诏山浮云,鸡笼山落雨。"

个屋子的最高点。正梁安放妥当后,张永平遂将一张写有"姜太公在此"的红纸贴在正梁中间,这道庄严的仪式方才完美落幕。

安妥正梁后,各位师傅回到平地落座稍做歇息,父亲忙着递茶敬烟,探手一摸,烟卷已告缺,正在无计可施时,却发现刚满两岁的我捧着一个大烟罐蹒跚而来。

首席师傅张永平决定逗一逗这个乳臭未干的小男孩。他一脸严肃地问道:"阿弟,你这罐烟要拿去哪里啊?"

我说:"要拿去给伯伯叔叔哥哥抽的。"

张永平指着刚刚架到屋脊上的正梁说:"这间新房建起来后,是要给你哥哥的,没有你的份儿!"

我原来正准备把烟罐捧到张永平跟前送给他们抽,听到他这样说话,我捧着烟罐,掉头就往家里走,谁也不让抽。

在此后母亲无数次的转述中,我气咻咻地掉头就走的样子,让歇息的伯伯叔叔哥哥们笑成一团,更让张永平惊讶不已,他压根没想到,一个小小的玩笑,竟然让一个小孩子产生那么强烈而快速的反应。

父亲看到这个有点滑稽的一幕,只是无可奈何地摇摇头苦笑着,既没阻拦我,更没打骂我。

紧赶慢赶,新房子终于在春节前几天建完。从此,我家才有了真正意义上属于自己的房子。

9

在母亲眼里,我是个调皮的孩子,虽不出大格,却让人不省心。以母亲对孩子的教育观念而言,她比较认同棍棒教育,她的口头禅是:"细不榴,大上树。"因此,她常常怂恿父亲要抓紧管教,否则就来不及了,管不住了。与母亲疾恶如仇、凌厉峻急的性格不同,父亲生性温和,与人为善,对孩子的教育则崇尚无为而治。趋利避害是人的天性,更是小孩子的特性,现在回想起来,我小时候在情感上的确更亲近父亲。

父亲也喜欢带我出门。我还没到读书年龄,在家无所事事,每次外出劳作,在带齐劳动工具后,临出门时,父亲总会轻轻地喊一声:"忠,一起去。"我就会一溜烟地越过天井,尾随而去。犁田耙田,我跟着牵牛;种菜浇菜,我帮忙打下手;巡田放水,我跑前跑后。跟在

作者小时候经常在身后的小巷子闪出来,跟随父亲去巡田放水(2012年4月)

父亲身旁,走路或者劳动,父亲总爱讲一些故事来教育我、引导我。这些故事都有鲜明的主题,要么是勤劳,要么是孝道,我印象最深的是父亲讲述的发生在离家十多里远的凤凰山石鼓坪一个畲族不孝子的故事。

《潮州府志》载:"潮州有山畲,其姓有三:曰盘、曰篮、曰雷,皆瑶种。"《海阳县志》载:"潮州有山畲,其种有二:曰平鬃曰崎鬃。其姓有三:曰盘、曰篮、曰雷,号白衣山子,依山而居,采猎而食,不冠不履,三姓自为婚姻,病殁则焚其室庐而徙居焉。"据专家研究,畲族在我国分布于浙江、福建、江西、安徽和广东五省的部分山区。广东的畲胞大部分住在凤凰山区,其聚居地石鼓坪便是畲族始祖的发源地。这些畲乡都保存有畲族祖图,其祖为"龙犬"或"龙狗",因平番有功被招为驸马,后称"狗王"。

父亲语重心长地讲述的故事是这样的：古时候石鼓坪村有一个读书人，从小家贫，父亲早逝，是母亲含辛茹苦把他拉扯大，并考上科举，到外地做官。可就是这个山里人，好了伤疤忘了痛，一当上官，就把老母亲忘了，从不奉养母亲，成为村里不孝的典型。不孝子一次回村省亲，被老母亲责骂，骂他忘恩负义，骂他辱没门风，不孝子恼羞成怒，说他出生在穷家庭，是"龙身寄狗腹"。此话不但辱没母亲，更辱没祖宗，老母亲听到这里，气愤难当，泪如雨下，罢罢罢，母子缘分已尽，劝也无益，就骂他是"半路债仔"（夭折之意），母亲毒嘴一出，不孝子回程路上就暴病而亡。

这个人伦惨剧，父亲曾多次讲述，每次都听得我胆战心惊：这就是不孝的下场。

但真正让我胆战心惊的，却是晚上的睡觉。我与父亲同睡在老屋二楼一张阔大的眠床上，与眠床隔一道屏风是家里的神龛，长年累月供着一支昏黄的油灯。每到晚上，父亲不是去生产队的队间理数，就是到别人家闲谈，都要到很晚才回来。我等不到父亲那么晚，每天晚上都要独自提前到二楼去睡觉。每当我形单影只地踏上黑黢黢的楼梯，穿越漫长而阴森的长廊，特别是经过若明若暗明明灭灭的神龛前，对我来说，每次都是一种精神的受刑。而睡在黑暗里，我都要辗转反侧很久，直到父亲回来了，我才放心地踏实睡去。因此，每个晚上，我最盼望的就是听到父亲踏上楼梯、穿过走廊的声音，对我来说，那是人世间最美妙的音乐。

很小的时候，我就体验到，没有恐惧，内心安宁，就是人间的幸福。

下雨天，生产队没有派工，很多人在家里闲着。父亲就趁机将晾在屋檐下、墙壁上的烟叶一串串地摘下来，把灰尘拍打干净，一瓣瓣地展开，我则蹲在簸箕旁，将烟叶的茎一根根地抽去，把纯粹的烟叶一叠一叠地送给父亲，由父亲压在烟规上刨成丝，然后用一个大油纸袋（一种白色塑料袋）装着，以便平时享用。这些自产自销的土烟丝，父亲随身携带一小油纸袋，放在裤袋里，犁好一片田，赶过一段路，中间歇息时，卷一支喇叭筒，猛吸几口，既解乏，又过瘾，大概是父亲人生中的赏心乐事和莫大享受。

9岁那年，父亲让我进村里的小学读书。那时正是复课闹革命的"文革"时期，我似懂非懂地跟着老师唱"大海航行靠舵手，干革命靠毛泽东思想"之类的歌曲，学生随便在教室里撒尿，高年级的学生跑到教室里对老师横加指责，课堂是一片乱哄哄的景象，父亲却叮嘱我要好好读书，不可荒废学业。

村里穷，教育更得不到应有的重视，因此，我们没有固定的教室，只好实行游击战，打一枪换一个地方。记得我读一年级时教室在新楼围

作者曾就读并欠交二元学费的小学二年级教室（左起第三间）

的水沟间（屋子下面有一条水沟横穿而过），二年级教室在鹅鞍头的牛栏间（旁边是拴牛的地方），是泥砖砌成的平房，遇到刮风下雨，就得放假，怕房子承受不了会倒塌，危及学生安全。但那时我最苦恼的不是隔三岔五的放假，而是学期过半，两元钱的学费仍未着落，因此，下课时我很怕单独遇见老师，担心老师来向我要学费，我拿不出来；那种尴尬的场面，让你要多难受有多难受。我曾经当面催过父亲，但父亲为难地说，让我告诉老师，学期末一定交上来。父亲的确没有食言，临近学期结束时，父亲从大埔的上伦墩做柴回来，两元钱的学费才如数上交，当然，这也是全班交得最迟的学费。

我从小调皮，经常违反父母亲的禁令行事。那时看电影是稀罕事，两三个月邻近的村子才会放上一场电影，于是村里老老小小呼朋引类相率而去，但母亲对我和哥哥要求严格，除非本村放电影，外村的电影一律不准去，要在家里读书，但有时哥俩禁不住诱惑，就会以到别的同学家里读书为名，暗度陈仓，偷溜到外村看电影。母亲是何等英明，她明察秋毫，又不动声色，等到我们看完电影，蹑手蹑脚想回家时，却发现大门早已被母亲闩住，我们只好在大门外等到半夜，母亲才让我们进去睡觉，只此一次，我们就再也不敢擅自行动了。

夏天到了，日落时分，村里许多男孩子都到小溪里游泳，我又不顾母亲反对，跟在其他伙伴后边一起到小溪里畅游。兴尽回到家里，发现楼梯旁放着一把打人的竹子，父亲正坐在饭桌旁神情严肃地抽烟，我知道闯祸了，但作业多，我不甘心因受惩罚而误了作业，遂给父亲写了一张纸条，大意是我要先做作业，等作业做完后，要打要绑，任由父亲处罚。等我作业做完了，父亲的气也消了，一张小纸条消弭了一次危机，我第一次感到了文字的威力。

1978年6月，小学毕业时的作者（后排右二）与小学校长黄荣达老师（中排右六）、张东群老师（中排右五）、张竞文老师（中排右四）、张呈祥老师（中排右三）、张娘佑老师（中排左五）、张合色老师（中排左四）及同班同学合影（1978年6月21日）

但我终于因为自己的顽劣而吃尽了皮肉之苦。一次是中午到小溪游泳，因冒充勇猛，从高高的河岸边往河中央跳下去，用力踩到河底一块玻璃，脚底被划开一个大大的口子，顿时血如泉涌，是邻居张伟群将我背回家里及时包扎伤口。一次是晚上捉迷藏，因为邻居的两兄弟闹矛盾，在我们刚刚藏好，我探身起来宣布可以来捉时，做弟弟的忽然甩了一块石头过来，恰好砸在我的头上，瞬间血流如注，以致在脑中间至今还留下一条长长的疤痕。最为严重的一次，当数小学五年级放寒假时，那天正好是腊月二十四，农村里所谓神上天的日子，我牵着牛到村里的下溪路放牧，在经过鹅鞍头时，我又顽心大动，想跃上牛背坐"牛马"过溪，由于用力过猛，跃上牛背后，没骑稳，摔到牛背的另一边，造成右臂脱臼，当天就由父亲找单车载到三饶卫生院请杨千轮医师诊治和矫正。此后两三个月，我每周都由父亲带着，到三饶医院找杨千轮医师，换药、矫正、敷药，直到右手基本恢复功能为止。

一时间，我对医院的来苏水味竟有某种奇怪的亲切感，并且由杨千轮医师迁移到新塘圩的林名典医师。我到新塘中学读初一时，有一段时间忽然手脚经常出汗，父亲不知是何缘故，但也不敢掉以轻心，遂多次带我去看典医师。与杨千轮医师身材瘦削、性格严厉不同，典医师身材高大，总是笑眯眯的，一副弥勒佛的样子，因此不仅给人以亲和力，更给人以安全感。他把温暖的大手搭在我的脉搏上，眯着眼睛啼听着，然后恍然大悟道，你这是植物性神经功能紊乱，没有特效药，只能慢慢调，因此，典医师家里那座靠山的房子便常常映入我的眼帘，进入我的视野，流连在我的梦里。

1980年1月，刚过完春节，我由新塘中学转学到饶平一中读初二下学期。新塘中学是初级中学，师资力量比较薄弱，教学设施也相对简

饶平一中校门

陋,而饶平一中则是远近闻名的完全中学,为中考取得好成绩,父亲与舅父商量后,决定让我转学到饶平一中读书。读新中时,我是走读生,早出晚归。现在到了一中,我是住校生,周末才回家,必须交纳内宿费和杂费,才得以住宿。由于家里穷,没有现金可缴纳,只能用柴草之类代替。那天报到时,我和父亲每人挑一担粗糠(即谷糠)到学校,上午等不到人,进不了门,我们父子俩就一直在学校大门口等着。中午就近在小食摊上吃一碗三饶饺,一毛钱十三颗,我记得清清楚楚,父亲见我不够吃,又舍不得多花钱,就把他那一份多拨拉几颗给我,我不肯要,他就把那半碗连汤带饺子都倒进我碗里,我是和着泪水把那半碗饺子吃完的。

午后刚过,突然下雨,我和父亲连忙挑起粗糠躲到学校大门对面的骑楼下,直等到下午两时多,学校的广播忽然一齐响起来,随着响起了眼保健操的旋律。这是我第一次听到这支音乐,感到特别新奇,也特别亲切。广播里的眼保健操旋律放完后,我和父亲才急匆匆地把两担粗糠挑到膳食科缴交,再到总务处办理入住内宿手续。

作者住宿过的饶平一中礼堂的一角

班主任林梓浩老师(前排中)带领初三(3)班团干部到三饶镇胜利水库开展团日活动(1981年3月)

在饶平一中读初三时与同班同学刘振丰（左一）、詹伟鹏（中）在后山操场合影（1981年6月）

办好了手续，我被安排住在学校大礼堂——建于明朝末年的孔子庙——划出的一个角落隔成的学生宿舍。雨过天晴，夕阳西下，我送父亲走出校门，返回乡下。看着父亲渐行渐远渐单薄的身影，第一次离开家门的我忽然有一点孤独，有一丝伤感。

10

小时候，我的印象是常没钱，哥哥的体验是吃不饱。

哥哥的体验是全家人生活情状的缩影。为了使全家人能吃得饱，父亲总是长年累月奔波在外。除了伐木做柴，父亲外出赚钱的途径，一是"走山内"，二是"走凤凰"，前者是长线，后者是短线；政策宽松时走长线，形势吃紧时走短线，父亲小心翼翼地在严峻的现实中走钢丝，在生活的夹缝里求生存。

家里盖了房子后，因为寅吃卯粮，米缸告急，常常有上顿没下顿，父亲开始"走凤凰"。

凤凰镇是著名的乌龙茶之乡，海拔在350米至1498米之间，粤东最高峰——凤凰山的主峰凤鸟髻山就矗立在境内。这块土地海拔较高，气温偏低，常年烟雾弥漫，水汽蒸腾，最适宜种茶，已有近千年的茶叶栽制历史，其中的凤凰单枞为朝廷贡品，亦为海外侨胞所青睐，晚近更为东南亚各国所喜爱。前几年，我因公务接待日本的NHK电视台编导到中山市小榄镇拍摄电视专题片，该台日本编导就很喜欢喝凤凰茶，他还告诉我，NHK高层来北京出差，也常向他讨要凤凰单枞。由于名声在外，凤凰镇的农民只种茶叶，不种水稻，大米的供应就靠邻近的新塘镇和三饶镇。

一方水土养一方人。凤凰需要米，有需求就会有市场，即使在割资本主义尾巴的年代，仍有人为了生存去突破政治的藩篱。跟我家同时盖房子的张介如已先行一步，偷偷地从三饶买米到凤凰卖，赚得差价度过粮荒。

父亲也开始行动。他前一天凌晨起大早步行到三饶镇买米，一番讨价还价后，购买了一担近百斤的米，悄悄挑回家里，然后神不知鬼不觉地又随着生产队的人出工。第二天半夜出发来回赶30多公里的山

通往凤凰圩的山路

路，将米挑到比较靠近凤凰圩的一个名叫林厝楼的村子，搭放在一个叫阿木伯的老乡家里，然后再赶回村里准时参加生产队的劳动。等到凤凰圩日时，父亲再赶早挑担到凤凰圩卖米。

父亲劳动的方式比不上介如先进。父亲是步行，介如是车载——用自行车运输，量多速度快，挑担赶路则要艰难得多。父亲常常沿平路挑到径脚亭，稍微歇息一下后，就沿着坝陵径岭的崎岖石路一步一步往上攀，经大尖山，过凤凰界的桃仔輋，一步一个台阶的石板路绵延七八公里，那是挑米赶圩、步步着力的路段，然后出林厝楼，从林厝楼到凤凰圩还有五六公里。父亲常说："别人骑自行车要到达，我走路也要到达！"没有什么障碍能阻止他艰难前进的脚步，这成了他坚定的人生信念。

行情好，一斤米能赚三四分钱；行情差，一斤就赚一两分钱。几天折腾，担惊受怕，一圩下来就赚三几块钱，这就是父亲的命运，也是他那一代农民的命运。他认命，也足够勤劳，可是命运却对他特别不公。大约在1974年的冬季，有一次，父亲在凤凰圩卖完米后，正准备步行回家，遇到同村同宗的族弟张步俊，他恰好也交割完生意，就顺路搭乘步俊的单车，一路顺风顺水地回到村里，父亲正感念这一程好遇，可刚跨进家门，伸手往裤袋一摸，立时手僵住了，卖米所得的九十多元不见了！收市时，他明明把钱放进裤袋的，回想起来，就在当时急于搭顺风车，钱藏放得不深，又坐在单车上，一路颠簸，就把钱震丢了。他后悔莫及，欲哭无泪，这钱是从河口村姨表弟林水鹏那里借的，当时借的时候就说好过完春节后还给他，这是他的谷种钱，耽误不得。现在钱弄丢，去哪找钱还他？但没钱还得想办法还钱，此事对父亲打击很大，他一夜间苍老了许多。

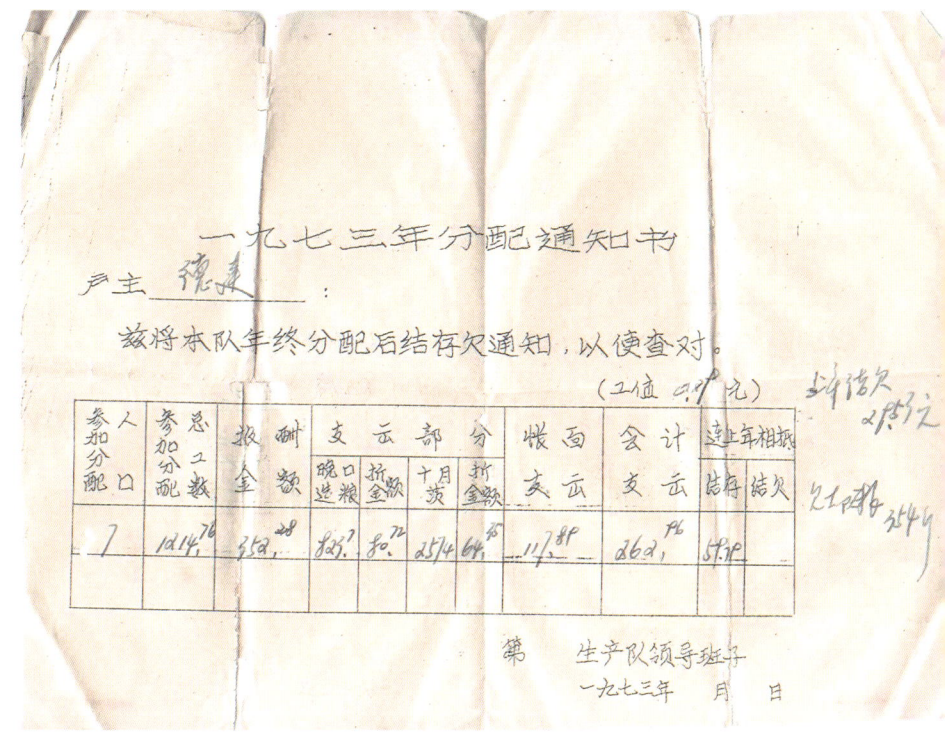

1973年作者一家7口人全年分配结存所得59.79元

在村里，能外出赚钱的人，毕竟是少数，虽然赚的是苦力钱，终究需要一种勤劳的品性和一份吃苦的精神。村里懒人多，"堵一堵，食政府"。是他们的口头禅；"不患寡而患不均"，是他们千年不易的天性。父亲拼死拼活，比他们多了一点额外的收入，就显得特别惹人眼目；有时旷工跑去"走凤凰"，就更加大逆不道。大队领导早就想着法子要收拾一下父亲。

大队领导当然是技高一筹，他们来个先礼后兵，目的也是为了笼住父亲。他们安排父亲担任生产队的队长，父亲固然看穿了领导的意图，但更重要的是他不愿意因此受到拘束，绑在土地里动弹不得。他以能力不够为由婉拒了大队的任命。大队领导这下老实不客气地给父亲以严厉的惩罚，当时新塘区一位年轻的王副书记正奉派到下坝驻点主抓反击右倾翻案风工作，为了配合上面的形势，打出一点声威，王副书记抓住父亲这个割资本主义尾巴的反面典型大做文章，他亲自部署，把父亲拘禁在后头田一处工地，让他蹲田头寮，白天监督劳动，晚上展开批判，严厉斥责父亲是右倾翻案的应声虫，是资本主义的活典型，是社会主义的绊脚石，一时大帽压顶，乌云滚滚，父亲备受折磨，痛苦不堪。

父亲在田头寮一蹲就是大半年。"走凤凰"之事遂告中止。

1976年春夏之交，开国元勋周恩来、朱德相继去世，唐山大地震突然爆发，国家处于最困难的时期。吃不饱的难题再次折磨正在新塘中学就读初中二年级的哥哥张培林，因为每天早上只喝稀饭，上午的课上到第三节，他就顶不住，肚子里"咕嘟咕嘟"地直叫唤。

张培林个子小，但正在长身体，因此对起码的营养有着特别的渴望。一个雾蒙蒙的早晨，在去新中上学的路上，张培林发现张介如载着一担黄瓜去"走凤凰"，张培林紧跑几步上前问了个大概。原来同个生产队的张介如又走在前面出发了，这对张培林是极大的鼓舞，也是莫大的启发。

放学回到家里，张培林充满渴望地对父亲说：介如哥到三饶挑吊瓜（即黄瓜）到凤凰换树薯（即木薯），我也能挑30斤的吊瓜到凤凰换树薯。

父亲并没有正面回答张培林的问题，只是催他快点去读书。

晚上睡觉前，父亲伤感地对母亲说：刚才阿林说要挑吊瓜去凤凰换树薯，阿林才多少斤，哪能挑30斤？我听了心里很不好受！身体确实不舒服，挑担行路去凤凰实在很疲累。但孩子吃不饱，我这个做父亲的就是再累也应该去啊!

第二天,父亲动员姐姐张培真跟他一起到三饶挑吊瓜往凤凰换树薯,依然攀坝陵径岭,依然走羊肠小道,但路更难走,因为挑的内容不一样,不比挑米,只要不洒落就好,吊瓜怕摔断、怕磕碰、难伺候。但父亲和姐姐还是挺过来了。

那天晚上换回树薯后,第二天早上,母亲就煮了半鼎,没有油,没有肉,只下些自家腌制的咸菜,煮得热气腾腾,围着大半鼎的树薯,全家人吃得满脸冒汗,肚皮溜圆,特别是张培林更是馋得比别人多吃了小半碗。

当天中午回家吃午饭,张培林对母亲说:今日定定。

母亲不明所以地反问道:什么定定?

张培林说:今日吃树薯,上到第四节课,肚子还很踏实,有树薯吃实在好!

母亲心领神会,又赶紧把早上吃剩的一碗树薯热了端给张培林吃。

父亲并未多言,他忍着身体的极度疲惫,带着姐姐,勉为其难地继续"走凤凰",换下了一大筐的树薯。家里有粮,心里不慌,张培林在学校里读书,再也不用担忧肚子饿了。

11

1979年夏天,张培林高中毕业,参加高考。这是邓小平亲自主持恢复高考的第三年,十年的人才蓄洪在数年间释放,千军万马走钢丝绳,连大学、中专在内,录取率只有百分之几,那场面固然十分壮观,其竞争的激烈程度是今天的高考所不可同日而语的，称得上有几分残酷的味道。因此，胜利显得格外宝贵，失败也在意料之中。

张培林也属于时代的幸运儿，他考上了饶平师范学校。他从此改变了人生的命运，不需像父亲一样执"锄头柄"、走"高陂路"。拿到录取通知书，是张培林挺直腰杆的日子，也是父亲一生中最扬眉吐气的时光。张培林出门赴校的前一天，父亲专门办了两桌酒席，请大队领导和村里五服内的宗亲吃饭喝酒。父亲虽然给大队领导批斗过，但他并不记仇，而是以德报怨，一位大队领导在村外龙沟的田里干活迟来，父亲按住没开席，命我小跑着到龙沟催请，直到人全齐了才上了米酒，动了碗筷，真挚诚恳地向众位领导和宗亲致谢。

张培林告别了青涩的少年，似乎也告别了饥饿的时代。事实上，一个全新的时代已经拉开了帷幕，农村的改革正在萌动着某种新的生机，公社体制已开始瓦解，生产队已包产到组，这是包产到户的前奏。

潮汕习俗，家里有喜事，必须吃甜汤圆以表喜庆、以示庆祝。这是母亲亲手搓的汤圆（2022年8月）

入学不久,张培林就给父亲寄来一封信,嗫嚅着向父亲讨要五元四角钱,这是一本新出版的《现代汉语词典》的价钱,因为学习需要,他很想自己拥有一本,可是兜里没钱,只好硬着头皮向父亲开口。

生活已经有了一点改善的端倪,生产组的劳动需要父亲倾注更多的热情,前些年"走山内"的情景似乎有些遥远和淡漠了。但是,张培林的来信,又确乎在提醒他,即使在已经解冻的岁月,日常的家用和孩子读书的那一点零花钱都只有在坎坎坷坷、曲曲折折的"走山内"的长旅中去索取。唯一的区别,也是最大的好处,就是此时"走山内"不必再躲躲闪闪,也不需要谁批准,只要愿意,随时都可以出发。

秋风起时,农活少了。父亲跟母亲商量,虽然年纪越来越大,但孩子读书需要钱,"山内"的路还要继续走,别无他途,母亲只好同意。

父亲一生有三个时期"走山内":新中国成立前,跟伯父兄弟俩,为个人生计;二十世纪六十年代末到七十年代初,为家庭温饱;同世纪七十年代末,为孩子读书。特别是二十世纪七十年代初,父亲正处在壮年,身体好,干劲足,前一天到浮山办货,购买鱼干、鸡蛋、红糖、活狗、活鸡等,有时侧重这几样,有时侧重那几样,每次都满满当当地办了一大担。第二天就挑货到桃源,当天凌晨二时,母亲起来做番薯丝饭给父亲吃,父亲饭量大,米不够,番薯凑,母亲用大鼎来煮这点东西,下猛火,控火候,每次总是煮得软糯糯、香喷喷,恰到好处,十分可口。但父亲每次总是连焦黄的饭焦在内吃剩一小碗留给母亲吃。

父亲挑着一担货,凌晨四时从家里出发,经村里的竹排楼,过下寨的居隆楼,一路盘山过岭,来到赫赫有名的上坡下坡有近十里山路的大赤岭,翻越这座长岭,才能看到前路的曙光,顺利的话,中午就

父亲：

您好，近来身体健康吗？妈妈、姐姐身体怎么样，生活怎么样？弟妹们学习情况如何。

父亲现在家内粮食怎么样，大猪卖了没有，食多方了？比过去吃多了多少，有泔肥吗？田里的稻苗长势如何，工作忙吗？

我于本月七日至九日进行期中考试，我于七日就已头晕，但是不管它，还是继续学习、参加考试。到了八日晚，我参加自修，到半堂时向老师请假到宿舍煮药。药还没煮好，全体发冷，头晕，脚酸，手都酸软没劲。同时头不断发生剧烈的痛，一排到胸部，喉也像一块东西阻塞一样，很痛。这样连续几天，到现在才好了，可是现在人还是很乏。虽然在考试间我身体不好，但是我还是坚持参加考试，文科考卷都较好，但数学考卷不太好。我从家里回来时，由于黄冈有较普现代汉语词典，一本5.4元，我就把剩的钱再到汪之借一些，凑去买一本。汪之说：他们也都买一本，因此本月发回的6元，除还人家到现在已经使了。假若家内有钱，寄一些给我，如果没有，我才到人家借一些。可拿来交学校收加本票。

培志现在学习怎样，我看他可能有些不用心的情况。凭着兴趣学习，办事情，这样是不能够努力好

年 月 日

哥哥张培林在饶平师范读书时写给父亲的书信（1980年5月13日）

能到达大埔最靠近饶平的一个小村——坪石村。在有兄弟般情谊的陈国材或陈俭国家里歇脚，吃过午饭后就沿着小溪两边的人家一路卖过去，晚上住在桃源镇陈厝楼的陈华昆家，直到货物卖完为止。

这是父亲几十年"走山内"的路线图，也是一代农民艰难求生的辛酸史。

重操旧业，父亲的手脚已不如从前利索。连续几圩下来，父亲已是劳累过度。有一次，从大赤岭下来，经过枫树脚岭，在岭上路窄坡陡，货担沉重，无法走快，刚刚下到食饭溪水库主坝时，父亲急着赶路，想走快一些，没想到一个趔趄摔倒在地，壳篓侧翻，幸好是在平地，损失不大，只豁坏了三几个鸡蛋。父亲就势坐在地上，捧着几颗碰坏了的鸡蛋，左瞧右瞧，舍不得丢掉，遂把那几颗生鸡蛋吃了再赶路。

回到家里，母亲听到父亲摔倒的事后，很不放心，硬要跟父亲一起去办货和卖货。父亲不让，相持不下，折中的办法是母亲迎一程，送一程，为父亲减轻负担。

早上父亲到浮山圩办货，下午母亲就走几个小时的路到一个叫倒头桩的山顶上等候。有时等到太阳要落山父亲还没来，母亲就隐隐有些担心。多数时候是太阳要落山时，母亲才在山顶上眺望到父亲从远处的山路上挑着沉重的货担一步一步缓缓地挪动过来，这时母亲心里的一块石头才落地。然后等父亲来到山顶稍事休息后，母亲就把父亲的担子一分为二，一人一担，继续赶路时天色已暗下来。

到去桃源时，母亲就为父亲分担一部分，一起挑到坪石的陈国材家，吃过午饭后，母亲再回来。

这一年的冬天，放寒假的时候，张培林回到家里的第一件事，就是要接替母亲，帮父亲挑东西一起到桃源。

从饶平县三饶镇到大埔县桃源镇的路牌

第一次挑重担攀大赤岭,虽然跟在父亲后面,但放眼满目莽莽苍苍的大山,张培林还是感到内心极大的震撼,那陡峭的黄土岭,沉重的脚下路,孤独的夜行人,只有亲历亲见,才会有刻骨铭心的炙痛和体认。

上到大赤岭顶,放下担子,挨着父亲坐在小松树下,迎着习习凉风,看着父亲缓缓地卷着、吸着喇叭筒,张培林一下子明白了许多生活的道理。一路山行,来到一个依着山墈的小山村。父亲说,这就是坪石。父子俩挑着担,径往经常搭食的陈国材家。陈国材身板结实,热情忠厚,脸庞晒得黑黝黝的,他把父子俩让到堂屋的上厅坐定后,又将父亲递给他的半斤多米麻利地分成两大碗,跟他家的一起放到炊具里炊。饭熟时,父亲拿出一小盘鱼干,就着现成的咸菜,宾主无间地草草用了午餐。

饭后,张培林随着父亲从坪石到桃源沿途两侧的瓷厂一路卖下来,晚上就住在镇北陈厝楼的陈华昆家。陈华昆也是父亲的老东家,常常在他家吃住。这天,收拾完后,张培林在陈华昆家的里屋先睡下,父亲和陈华昆则在外间边喝茶边闲聊。

陈华昆:你儿子长这么大了,在干什么?

父亲:在读师范。

陈华昆:读师范是铁饭碗,那你儿子今后就不用来走这条路了。

张培林还没睡着,听了陈华昆与父亲的对话,他心里想:那当然了,如果儿子总走不出老子的视野,那社会就没有进步了。

但是,在此时此际,为了能为父亲分劳分忧,张培林宁愿更多几趟跟随父亲"走山内"。赶在这一年的春节前,张培林终于又一次帮父亲挑货到山内。

这一次挑的全是鸡蛋。头回生,二回熟,张培林熟门熟路地跟父亲一路来到江西田这个小山村时,天刚蒙蒙

莽莽苍苍的大山

亮。不巧的是,近山多雨,父子俩刚踏上江西田村后头的晒谷场,天就阴阴地下起了雨,晒谷场从上场到下场有一截很窄很陡的坡,每次经过时都要挑直肩才能顺利通过,雨过路滑,担子又重,张培林屏气凝神小心翼翼地移动着脚步,到路尾时终于刹不住脚,连人带担子滑倒在地,40多斤的一担鸡蛋坏了一大半。父亲没有责怪张培林,而是好言安慰他。然后把完好的鸡蛋捡起来放在他的担子里,由父亲独自挑去桃源,把碰坏的鸡蛋用油纸包裹着放在原来的篮子里,让张培林原路折返挑回家里。

这一次的无功而返,使张培林深受打击,也十分内疚。春节后返回学校不久,张培林就给父亲寄来了一封道歉的信。信中写道:

父亲,我回校后家里有些事情经常在我的头脑里出现,特别是父亲

您到浮山，然后挑东西到桃源的那种艰苦的情景，使我经常为您的身体担心。父亲现在您的年纪已经大了，身体也不比过去那么好了，请您多休息；注意身体的健康。现在我们生产组粮食比较高，生活基本上可以解决，如果家内经济困难，就把家内那只大的猪卖出去，用来解决一段时间，然后那小的猪也大了。

父亲，我上次替您挑些鸡蛋到桃源，由于天气不好（下雨），路非常滑，我把蛋打坏，然后同您把蛋收拾好之后，您就继续前进，而我就要回家，但我在回家的路上回头看着您，当时我想起那些路程以及天下雨，造成的困难；又想起您的年纪和身体，在回家的路上，一边走一边放声大哭，因为父亲您有困难，我没法帮助父亲解决困难。而现在我给您写信，想起那种艰苦的情景，也眼含泪水。

父亲，请您多注意身体的健康，以后再也不要干走桃源那些艰苦的工作……

父亲收到这封信时，是一个星期日的早上，那天是我转学到饶平一中读书后第一次回家过周末。全家人正在吃早餐，父亲突然泪如雨下，母亲大惊失色，问道什么事情，父亲说刚刚收到阿林的来信……我急忙掏出信时，发现泪水早已重重地打湿那两张薄薄的信纸。

这是我第一次看到父亲的泪水，和他那悲伤的脸孔。

12

然而，令人伤心的是，我竟然从未与父亲合照过一张相片，而家里最大的遗憾,则是没能留下一张全家福。

我念完初一的那一年暑假,新厝围的住户中出现了一件轰动当地的大新闻。跟我家只隔着三间房子的张玉鱼的老婆,竟然是日本人,而且曾经是日本间谍!

我依稀记得,这个女人是十年前从大埔县嫁给村里的老木匠张玉鱼的。大家都不知道她的名字,因为是从客家地区嫁过来,村里人就管这个女人叫"客鸟",随"客鸟"嫁过来的还有她的三个儿女:儿子雪峰、大女儿和小女儿。可能是跟她大埔的丈夫生的。

拖着这么长的油瓶,村里人都为老木匠张玉鱼叫屈。张玉鱼手艺虽好,但性格孤僻,年近四十,仍然无某无狗,这下子"糙米合着空椿

经历了岁月风雨的新厝围出了一件大新闻

具"，可谓各取所需，各得其所。

玉鱼与"客鸟"结婚后似乎并不和谐，数年后就分居，"客鸟"母子住正房，玉鱼则住木工房。村里人茶余饭后议论一阵子也就过去了，倒是"客鸟"的儿子雪峰神勇无比，每年的元宵晚上，下坝村的小孩子与隔村乌洋村的小孩子总要互相扔石子，以前总是互有进退，自从雪峰参加进来以后，每次他总是打头阵，将乌洋村的小孩子追击得大败而归，被村里人称为"刺头"；"客鸟"的小女儿是个哑巴，大家都称她"哑仔"。

一个"刺头"，一个"哑仔"，使"客鸟"一家人在村里成为一道独特的风景。中日邦交正常化后，"客鸟"通过村里的治保委员、邻居张景记与日本联系，核实情况后，终于获准"客鸟"母子四人举家迁回日本。

"客鸟"的真实身份披露后，村里人惊奇不已。毕竟毗邻而居多年，临别时，张景记请来从县城下放到本村的摄影师汪阿尧为他们两家合影留念。那时照相还是稀罕物，平时照相都要专门到照相馆去照，这下子服务到家门，左邻右舍遂借机请汪阿尧为邻近的各家照全家福。那天午饭后，我们全家穿戴整齐，与其他各户聚集在水井旁等候。半个小时过去了，一个小时过去了，汪阿尧还没来，父亲等不及了，惦记着要到后头田生产组的责任田里犁田，再不去，下午就犁不完那片田了。

父亲挑起靠在墙边的犁铧。母亲见状，着急地说道：好不容易照一次相，大家都在等，你就等等吧！

父亲说：不知等到什么时候，你们照吧。

父亲挑起犁铧沿着新楼围往西走，我看着他那件洗得发白的蓝士林短衣后背一直消失在村街尽头。

照相的时候，因为父亲不在，母亲也不能下去照，全家福照不成，

1979年暑假,作者与兄弟姐妹第一次合影。前排:右一大姐张培真,右二大妹张培君,右三小妹张培琴;后排:哥哥张培林(右),作者(左)

只能照我们兄弟姐妹5人的合影。

父亲没有留下全家福,只留下挑着犁铧的背影,不时地闪现在我记忆的屏幕。

父亲的另一个背影——救人的背影,则是邻居乌记永生难忘的。

乌记和她的丈夫俊校是我家新屋右侧邻居,是我家房子建好数年后才接着建的,却比我家早搬进去住。她家儿子少强特别调皮,谁都怕他,不敢惹他,却特别听父亲的话,这也是爷孙俩(少强辈分小,要管父亲叫叔公)的缘分。

我家刚搬到新房住的那个夏天，一天午后，大家都在睡午觉，父亲在屋外晒东西，少强闲不住，在他家的猪圈不知鼓捣什么，突然一声惊叫，少强一脚踩空，掉到沼气厕所里。父亲见状，飞跑过去，费了好大的劲，才把少强从沼气厕所里抢救出来。

农村这种沼气厕所，池深口窄，便于聚气。但一旦发生孩子掉进厕所的意外，则很难有效施救，那天如果不是父亲恰巧在场，少强的生命恐怕凶多吉少了。

父亲救起少强后，见他脸色发紫。遂倒拎起他的双脚，让他"哇哇"地往外吐水，一时间，左邻右舍都被惊动了，乌记和俊校更是吓得脸色发青，牵着父亲的手千恩万谢。

1981年1月1日，中共中央新时期关于农村工作的第一个一号文件出台，明确要求在全国农村实行包产到户，即实行家庭联产承包责任制，这是安徽凤阳小岗村18个农民按下手印，率先分田到户的壮举在全国发酵和推广的结果。

这次农村改革，被称为是农民的第二次解放。拥有了土地和放松了束缚，使农民焕发出空前活力，燃烧着对未来生活的热望。

按人口数量，我家分到了五亩多的田地，这是水田，还有一些旱地不算在内。第一次分到这么多的土地，父亲一则以喜，二则以忧。喜的是从今往后，土里刨食，有多少汗水，就有多少收成，有多少投入，就有多少回报，而且主要不靠"走山内""走凤凰""走浮山"来换得温饱，来获取生存；更重要的，是在自己的田地里安安心心、实实在在地做一回真正的农民。忧的是孩子外出读书，劳力不足，特别是近年来身体容易疲劳，如果真的病倒了，这一大摊子农活谁能干得了？

生活似乎总是充满悖论，作为农民，当父亲可以大展身手的时候，自身却成了最大的制约因素。以前，父亲总有使不完的劲，现在，他常常感到力不从心，双脚像灌了铅一样抬不动，胃口不开，情绪不振。

但父亲仍是家里唯一的壮劳力，六月的太阳下，父亲扶着犁、赶着牛吃力地犁着番薯田，这是农活中最苦最累的活。几圈下来，牛喘着粗气，父亲也喘着粗气，在毒辣的骄阳炙烤下，父亲惨白疲惫的瘦脸慢慢地变成铁青色，他终于坚持不住昏倒在田里。

矗立在下坝村泰阳楼前的旗杆夹

人生遇合似有前定。因为邻居，因为救子，俊校对父亲格外尊敬，在父亲身体一日不如一日时，由于我和哥哥在外读书，未能及时送父亲到医院，是俊校或其他宗亲用单车送父亲到三饶官田的一位老医师诊病，每次配好药后，又用单车把父亲送回家里。这样的状况持续约有一年的时间，中药一捆一捆不停地吃，身体却没有任何起色，父亲有了一种不祥的预感。

13

1981年中考前夕，在我究竟是报考高中还是报考中师的问题上，父亲与舅父有过明显的分歧。舅父认为我的成绩好，应该去读高中，将来考大学，只有读大学，才是海阔天空，前程远大。父亲则坚决要我去考师范，他说能读师范有份工作已是万幸，他没有能力供我读高中。

虽然我很想读高中，将来去考大学，但我还是听从父亲的劝告，二话没说就去读师范。实际上，其时的父亲已经沉疴在身，为了应对命运

曾担任饶平县三饶镇教育办公室主任的舅舅黄炎发（左）（2003年4月6日）

的不测，他做了最坏的打算，也是最保险的规划。

第二年，父亲就一病不起，如果我冒失地去读高中，无疑就将因父亲的去世而失学，并从此坠入不可知的困境。正是父亲的坚持，为我指示了一条穷人的道路，更是一条光明的坦途。

三十年的光阴，如白驹过隙。父亲的音容笑貌，无时不在心头。在被告知父亲病危的前一天，我还步行到邮局给父亲寄去一封信，几十年来，我始终不能确认父亲是否读到我这封给他的人生的最后一封信，在我后来翻检到的这封特殊的信中，我看到信的封口被像锯齿一般颤抖着撕开，信纸有几处被泪水打湿的痕迹，于是我确信父亲是读过这封信的；但从这封信寄到的时间来看，那几天正是父亲生命中的最后时光，他能否确切地读过，我又有过动摇。不管何种情形，这封信对父亲、对我，都是弥足珍贵。

亲爱的父亲：您好！

近几天来病体稍为好转吗？对您的身体我真感到担心和不安！

昨天到校后，宿舍以及其他的环境卫生都搞得很整洁，境况是比家里好得多的，但我的心情却很不愉快，很难过，每当我想起您的病以及家庭的情况的时候。但是，我终于逐渐克制了自己，因为我想到即使是终天忧愁家里的事，也丝毫改变不了家里的境况的，简单地说，是无济于事的，然而，要完全抑制这种感情是不可能的，一股无形的力量还时隐时现地萦绕在我的心头。几十天的暑假生活很快地过去了，在家里确实是干了些活，但有时也给您、母亲带来了烦恼，惹您生气，现在想起来觉得很惭愧。在家的日子多了，意见有时未免有些出入，同时，我的性格您是了解的。因此，对于这些，请您、母亲及姐妹们不要怪罪，特向您和母亲

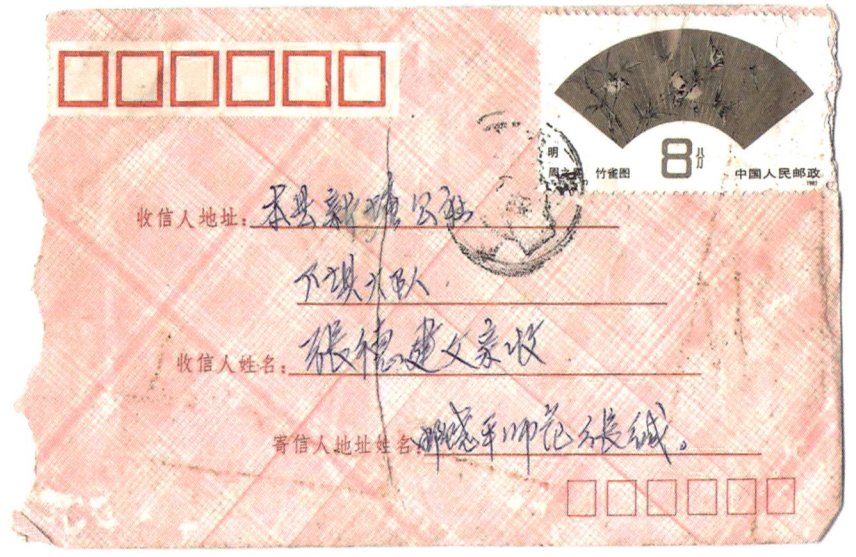

道歉。

父亲！在这里，我要向您建议：您的病据检查是属于贫血和肾病，并不怎么严重，因此请您不要顾虑。但对于食物就要多注意，不能吃的东西就不要吃，可以吃的东西，就要吃多一些，即便不想吃，也应当勉强吃一点，这样才有精神。比如装成袋的，以前我煮给您吃的豆粉，什么时候想吃就叫母亲，或姐妹煮给您吃。葡萄糖、冰糖、麦乳精，吃完了就叫哥哥给您买，不要总抱着没有钱，勉强得过就算了的态度，这对您的身体是很不利的。古人说："留得青山在，不愁无柴烧"。只要您身体健康，什么都可以抛弃的。"财乃身外之物"，何况是这少少的一点钱，有什么值得惋惜的。您的很不好的地方就是气量小、心胸窄，面对这样的情况，就应该看开去，不要总看到眼前的几个钱。"花无百日红，人无千日好"，您这么大的年纪一点小病是避免不了的，您为什么不能像乌建叔（木工队长张成锋的大儿子）那样呢？年轻时就要尽量使

亲爱的父亲，您好！

近几天来身体还好吗？对您的身体我真感到担心和不安！

昨天到校后，宿舍潮及其他的环境卫生都搞得很糟透，阴沉沉天气这几天都是如此。但我的心情起初也是很不愉快，很是难过。每当我想起您的病以及家庭的情况的时候。但是成功于我渐渐控制了自己。因为我想到即使我天天呆在家里的事也终究改变不了现实的情况的。简单地说，是关于事物的发展，要用冷静理智的感情，是不可能的。一股无形的力量时时刻刻地萦绕在我的心头。几天来的暑假生活很快地过去了，我虽然确实是千言万语，但看时也给您写。母亲过来了又叫您写信先。现在想起来觉得很内疚惭愧。在家的日子多了，就就会觉得出入，同时，对的情绪您也是多样的。因此，对于这些请您、母亲及她妹们不要怪罪，特向您们道歉。

其二，在这里，我要向您提建议：您的病搏挣查是属于贫血病的贫血，平时要多加休息。因此请您不要疲劳。但对于食物您要多吃，不愿吃的东西就不要吃，可以吃的东西，就要吃多一些，即使不想吃，也必当勉强吃一点，这样才有精神。要成袋的，叫嫂或嫂给您吃加豆粉，什么时候想吃毫烂叫母亲，或姐妹煮给您吃。葡萄糖、冰糖、麦乳精吃完了就叫弟给您买，不要为抠省没有钱，身体得上病快些好，可以来抚养子弟成人；年老了也同样要使病痊愈得快，来过好较为舒适的晚年，您的不孝之子将来也能挣几个钱供您及母亲来度好晚年的。因此，请您意志不要太消沉了。同时，农事的问题，您也不必担忧，禾苗长得算不错；番薯也还好。田园又有姐姐负担，家务也有母亲料理，哥哥在您膝下工作，星期日也还能帮一些农活，如除虫等他是能做的。至于姐姐的亲事，您也不必过于忧心，相信在阿伯阿叔们的帮助下，是能够妥善解决的。要看到，姐姐被此人辜负了感情，固然是一件不幸的事，但及早认识到此人的真面目，和这种负心的人及早分手，又何尝不是一件幸事呢！同时，姐姐也还能择得佳婿的。另外，请您也劝母亲要注意身体，并代向姐、哥、妹及伯父和几个堂叔叔等一一问好！

此致

祝您早日恢复健康、心情愉快！

愚男：培忠
1982年8月31日晚于饶师

此封诚恳、稚气却又难以释怀的信，连同这一篇文字，是我对父亲三十年追念、感恩和探寻的见证。

今年清明节，我专程从广州回到父亲的墓前祭拜，像在生时的长路孤旅，父亲在山坡上的坟茔也显得有些孤寂。拔去无字墓碑旁的一株宿草，我忽然热泪盈眶，深切地感到远行的父亲其实从未走出我们的心中……

2011年8月至2012年5月
写于羊城梅花村

家乡的山

附记：为写好这篇文章，前年起即请母亲做口述历史，前后达十多个小时，并整理出近十万字的素材。本文的基本内容取自母亲的讲述和作者对时代的研究。

（原载《中国作家》2012年第7期）

致父亲书

1

敬爱的父亲母亲：

你们好！这几天来身体健康吗？工作一定很忙，是吗？家内姐弟妹有无听从父母的指挥，姐姐的脚好吗？培忠近来学习怎样？父亲、母亲、姐姐叫他干工作，他有无听从，对待妹妹的态度是不是非常和气，还是粗暴，没有说什么话就动手打，到学校能够听老师的话吗？有没有团结同学，作业有无认真完成，学习成绩怎样？现在我们分的草刈好了吗？猪一次吃了多少？

父亲，您应该注意休息，不能做到劳累过度；母亲，您身体有病，应该找药吃，不能放过，一天过一天，总之应该注意身体健康。

父亲，请您以我的名义，向两位外祖母、舅父、妗、表哥、弟、姐、妹以及伯父、姆母、叔叔、婶婶、母姨问好。我从家里到学校，一路顺利，到校后第二天办理手续，昨天开始发书，从今天起开始上课。

1981年6月，张培林在饶平师范读书时留影

父亲，请您以我的名义向祝元说，叫他把我和得元的口粮到粮所去办理手续转到师范，叫舅父到三饶公社替我和景武办理移团手续，把祝元移的粮证和舅父移的团证，叫舅父月底来开会带来。

我到校的第一天心情非常愉快欢乐，但从昨天开始却感觉到很不习惯，心情不好，常常挂念着家内的事。

祝你们
身体健康

儿　培林
一九七九年十月二十日

2

父亲：

　　您好。近来身体健康吗？工作忙吗？

　　母亲近来的身体怎么样，比过去好吗？姐姐的脚是不是完全好了。家内的三头猪有多大，食量比过去多了多少？这一造我们组割了多少谷，平均每个人每月有多少斤粮食，番薯分了多少。

　　父亲，这次我到校后，老师通知我要交还米票，说是十一月的，但开始我还觉得老师通知错了，十一月我与得元已经交完，但是后来经过核对之后，我与得元真的十一月没有交还学校，上次我拿回家的米票应该拿来交还学校，但要写信寄来时间太长，因此向维俊表兄借了米票拾三斤整。请您拿还维俊就可以，他已经要分配了，可能要到新塘中学。上次我回家时，有去步青叔坐，当时素娥婶叫我替她买顶孩子帽（是用羊毛来做），开始我就到黄冈市场买，但没有看到，就去问雪菜，雪菜说："有。"就在她屋前的那间百货，因此我就与小辉一起到前面去买，结果也是无。因此，请您替我向她说一下。

　　父亲，我由于这个月仅仅发回2元的工资（应是补助），上次回家您给我的钱，我已经买袜2.5元，同时给母亲买了一个降价的运动裤，3.5元，所以到现在没有钱。学校发的2元买了一本书，加上其他费用，因此也已经没有了。所以请您拿2元寄给我。

饶平师范1979届（1）班毕业合影。后排左四为张培林（1981年7月9日）

3

父亲:

您好,近日来姐姐经过食药,身体恢复健康了吗?母亲的手有没有找医生看,培忠读书的事办理好了吗?

父亲,我于3月2日上午七时多离开家庭到公路等车,谁知坐车的人太多,坐不到车,因此到三饶等车。那天,等了很久,总是不能坐

张培林就读饶平师范的同届同学张俊先(左)、张得元(右)(1981年6月)

上车，打算回家，等第二天才坐车到学校来，但是等到那天的下午3时多才坐上凤凰车到学校来，那天来到学校天就暗下了。我和得元拿些东西还小辉，他的妈妈要我和得元在她家吃，因此在小辉家吃饱才回学校。

父亲，我回校后有时一些事经常在我的头脑里出现，特别是父亲您到浮山，然后挑东西到桃源的那种艰苦的情景，使我经常为您的身体担心，父亲现在您的年纪已经大了，身体也不比过去那么好了，请您多休息，注意身体的健康。现在我们生产组粮食比较多，生活基本上可以解决，如果家内经济困难，就把家内那只大的猪卖出去，用来解决一段时间，然后那小的猪也大了。

父亲，我上次替您挑些蛋和鸡到桃源，由于天气不好（下雨），路非常滑，我把蛋打坏，然后同您把蛋收拾好之后，您就继续前进，而我就要回家，但我在回家的路上回头看着您，当时我想起那些路程以及天下雨，造成的困难，又想起您的年纪和身体，在回家的路上一边走一边放声大哭，因为父亲您有困难，我没法帮助父亲解决困难。而现在我给您写信，想起那种艰苦的情景，也眼含泪水。

父亲，请您多注意身体的健康，以后再也不要干走桃源那些艰苦的工作。父亲现在我经常挂念着家内的一些事情，姐姐的身体，母亲的手是不是已经医好，培忠读书的事，有没有办理清楚，请写信告知愚儿。

祝父亲

身体健康。

儿　培林

一九八〇年三月五日晚

4

父亲：

您好，近来身体健康吗？妈妈、姐姐身体怎么样，生活怎么样？弟妹的学习情况如何？

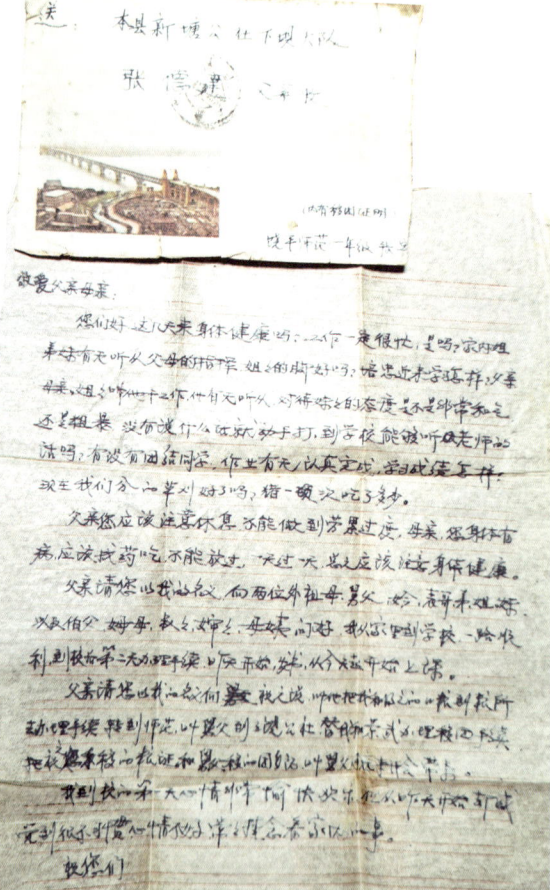

张培林写给父亲的信

父亲,现在家内粮食怎么样?大猪卖了没有,食量多少,比过去吃多了多少,养得肥吗?田里的稻苗长势如何?工作忙吗?

我校于本月七日至九日进行期中考试,我于七日就已头晕,但是不管它,还是继续学习,参加考试,到了八日晚,我还参加自修,到半堂时,向老师请假到宿舍煮药,药还没煮好,全身发冷、头晕,脚、手都酸软,没有力气,同时头不断发生剧烈的痛,手一摸到就痛,喉也像一块东西阻塞一样,很痛,这样连续几天,到现在才好了,可是现在人还是很热。虽然在考试期间我身体不好,但是我还是坚持参加考试,各科考来算是较好,数学考来不大好。我从家里回来时,由于黄冈有现代汉语词典,一本5.4元,我就把拿来3元,再找得元借一些,凑后买一本,得元、俊先,他们也都各买一本,因此本月发回的6元除还人家到现在已经使了。假若家内有钱,寄一些给我,如果没有,我才到人家借一些,才可拿来交学校收加米票。

培忠现在学习怎样?我看他可能有点不耐心的情况,凭着兴趣学习、办事情,这样是不能够办好事情,把学习搞好的。所以要劝他学习要有恒心,要像古人那样专心致志,痛下功夫,以坚持不懈的学习精神学习好知识。

祝您

身体健康。

儿　培林

一九八〇年五月十三日晚

5

培林吾儿知悉：

昨天接到你的来信，知道你生病了，现已稍好，有没有请医生治疗，今付人民币壹拾壹元给你费用，现在身体全好了吗，否则应请医生服药才好。

对学习方面，身体不好应多休息，以免影响身体健康。

你问你母亲及姐姐之事，现已稍好，你可勿念。家内养的猪现已卖出一头，猪款已付完，稻苗生长一般，对培忠学习之事你可勿挂心。

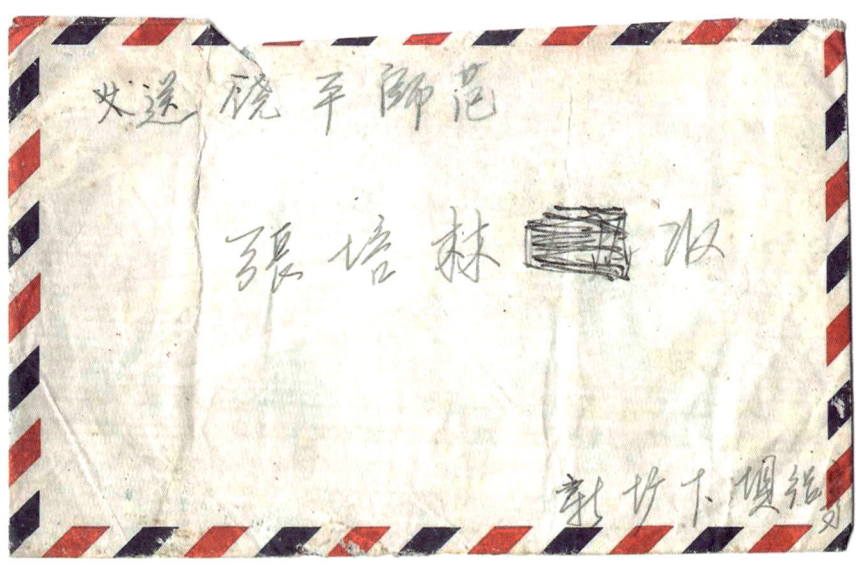

父亲写给张培林的信

并祝日安

（另者，听你春节回时，说暑假回时，愿将伙食费购羊毛衫一件，如有者要购较好的，不好不买。）

1980年5月20日
德付

6

父亲:

您好,近日来家里的姐妹、弟弟与母亲和好吗?我十分为着这事而使心情急躁,很不舒服。

父亲请您把以下的话替我向他们说:

母亲,近日来身体健康吗?我于8月30日下午乘车到校,一路平安,请您不必挂念。那天我要离开家乡,离别亲人到校时,您的心情我是了解的,但我那时的心情也很难过,因为我想起了一件件的往事,当时我感到很痛苦,几乎一下子就要哭了。我到师范学习已经是一年了,但几次回家后要来学校心情都不好,可是到了学校在老师、同学们的帮助下,心情由痛苦转变为欢乐。这次我到校的那天晚饭,沈老师就叫我到她家里吃东西(这东西就是鲜薄壳),问我回家后很辛苦吧,同时也叙述了她家内在这放假期间也遭到了不幸,她在回三饶后到校的那天,卫红(她的女儿)生病住院,那天晚上陈老师被学校的狗咬着,由于这样我就回忆起自己家庭的事,所以心情很不好,可是我经常抑制自己,不要想太多,想后是没有什么用处的,但是想多想少必然是要想的。母亲在这同时我请求您从现在起不要想起往事,注意身体,来养好孩子(我的弟妹)及对待好我的父亲,有时遇到什么问题,不要想得太短,应该看开出来,看长远去,我相信,我们决不会永远如此,有一天将会转变的。

姐姐,您近日来经过吃药后,身体怎样?会不会转好了啊?我要求您今后心性要放下来，听父母的话，养好身体，如果遇到什么事也不要心情太急躁，您应该看到父母的面上啊。

弟妹三人你们应该好好地听父母亲的话，在校要认真学习，把知识学好，特别是培忠更应该注意，你已经初三了，今年读后，明年考中了不用说，如果考不中那就完事了啊，一世人再也没有书可读了。

父亲您也不要太伤心，您的心情我是了解的，但我们要站得稳，把生产搞好，不怕有些小人在笑。父母亲你们放心吧，我现在心情非常愉快，不要为我而担心。

祝您

身体健康。

儿　培林
一九八〇年九月二日

7

亲爱的父亲,您好!

近几天来病体稍为好转吗?对您的身体我真感到担心和不安!

昨天到校后,宿舍以及其他的环境卫生都搞得很整洁,境况是比家里好得多的。但我的心情却很不愉快,很是难过,每当我想起您的病以及家庭的情况的时候。但是,我终于逐渐克制了自己,因为我想到即使是终天忧愁家里的事,也丝毫改变不了家里的境况的,简单地说,是无济于事的,然而,要完全抑制这种感情是不可能的,一股无形的力量还时隐时现地萦绕在我的心头。几十天的暑假生活很快地过去了,在家里确实是干了些活,但有时也给您、母亲带来了烦恼,惹您生气,现在想起来觉得很惭愧。在家的日子多了,意见有时未免有些出入,同时,我的性格,您是了解的。因此,对于这些请您、母亲及姐妹们不要怪罪,特向你们道歉。

父亲,在这里,我要向您建议:您的病据检查是属于贫血和肾病,并不怎么严重,因此请您不要顾虑。但对于食物就要多注意,不能吃的东西就不要吃,可以吃的东西,就要多吃一些,即便不想吃,也应当勉强吃一点,这样才有精神。比如装成袋的,以前我煮给您吃的豆粉,什么时候想吃就叫母亲或姐妹煮给您吃。葡萄糖、冰糖、麦乳精吃完了就叫哥哥给您买,不要总抱着没有钱,勉强得过就算了的态度,这对您的身体是很不利的。古人说:"留得青山在,不愁无柴烧。"只要您身体健康,什么都可以抛弃啊。"财乃身外之物",何况是这少少的一点钱,有什么值得惋惜的。您的很不好的地方就是气量小、心胸窄，面对这样的情况，就应该看开去，不要总看到这眼前的几个钱。"花无百日红，人无千日好"，您这么大的年纪一点小病是避免不了的，您为什么不能像乌建叔那样呢？年轻时就要尽量使病快些好，可以来抚养子弟成人；年老了也同样要使病痊愈得快，来过好较为舒适的晚年，您的不孝之子将来也能挣几个钱供您及母亲来度好晚年的。因此，请您意气不要太消沉了。同时农事的问题，您也不必担忧，禾苗长得算不错，番薯也还好。田园又有姐姐负担，家务也有母亲料理，哥哥在您膝下工作，星期日也还能帮一些农活，如除虫等他是能做的。至于姐姐的亲事，您也不必过于忧心，相信在阿伯阿叔们的帮助下，是能够妥善解决的。要看到，姐姐被此人辜负了感情，固然是一件不幸的事，但及早认识到此人的真面目，和这种负心的人及早分手，又何尝不是一件幸事呢！同时，姐姐也还能另择得佳婿的。另外，请您也劝母亲要注意身体，并代我向姐、哥、妹及伯父和几个堂叔等一一问好！

  此致

祝您早日恢复健康，心情愉快！

愚男：培忠
1982年8月31日晚于饶师

母亲的口述历史

题记：为写作纪念父亲的文章《永远在路上》，从2010年至2012年，陆续请母亲作口述历史二十多次，每次都利用节假日，由作者提出问题，正在读初中的女儿张闻昕录制视频，时在广州读大学的外甥张莘塔整理成文字初稿，最后由作者删改定稿，下文为母亲口述历史的一部分。

母亲虽不识字却极擅长讲故事（2022年11月5日）

1

问：您最小什么时候离开家里？

答：我最小的时候对岁（即两岁）两三个月，就过去下坝嬷那里。

问：当时为什么要过去给下坝嬷？

答：家里的姐妹比较多，乌洋嬷比较忙，下坝嬷就说要不就带过去她那里。

问：原来说是要给谁？

答：当时是说要给人，下坝嬷不愿意。

问：当时说要给哪里？

答：说给"倒头庄"，我都不知道，在汤溪内。后来就过去下坝，一直到我十三岁。

问：当时说要去给倒头庄，做什么？还要给他什么？

答：给他们做女儿，还要给他们钱，当时用的是纺纱，用来织布的那种。一粒纺纱多少钱就不知道，要给他们一粒纺纱还有不知道多少钱给他们，倒贴给他们就是了。后来就没有了，用那些钱来买奶喂就行了，就给下坝嬷带过去了，喂到十三岁其他人全部去读书。下坝嬷就说回去给乌洋

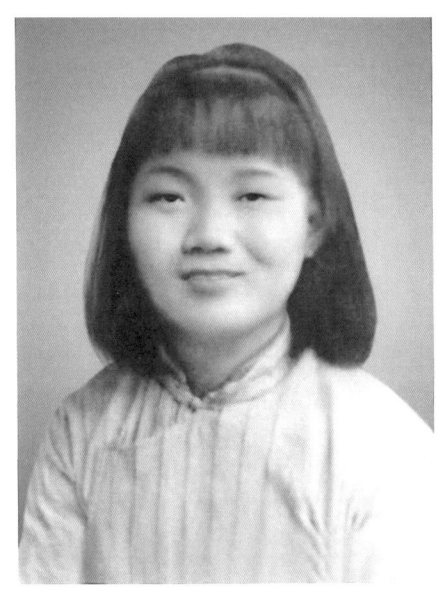

二姨妈张蟾蜍年轻时

嬷帮忙。

问：你对岁到十三岁在下坝住的时候，是不是就跟阿嬷住一起？

答：嗯，是，就跟是阿嬷的女儿一样。

问：二姨是不是也在那里？

答：嗯，二姨她去读书了。

问：二姨去哪里读书？

答：我知道的时候她就去三饶读书了。听说读小学的时候是去乌洋读的。是不用钱的，女生全部不用钱。

问：是不是你小的时候就在下坝过的？

答：是，等到十三岁才回去乌洋，就在乌洋住起。

问：那你在下坝那一段时间有什么印象比较深的？

答：哪有什么印象，当时才几岁，到十三岁的时候能记得了什么。就吃饱了每天放牛，每天吃饱饭就过去牵牛。

问：有没有跟其他人去牵牛？

答：当时跟志勇伯他姐，她比较少牵牛。锋叔公他妹，芝兰，还有间色，很多人，牵牛有一些朋友。

问：那些牛是什么？水牛还是？

答：水牛，多人就牵去下溪路那里吃草，石跳头那里。石跳头那里的竹你知道，长得很茂密。石跳头那个陂那里有一丛竹，竹那里有一棵大树，大树的树枝很大，树枝伸到溪边那里出去，到那里的时候，就把牛索绑到树上，荡秋千。

问：有没有掉到溪里面去。

答：没有，掉到溪里就好了。荡秋千要找新的牛绳，用牛绳绑在树上，然后人坐上去，就荡来荡去。当时的小孩子喜欢玩把戏，跟你去牵牛一样。在溪坡上玩"教瓜",在那里玩耍,到时候晚了,就把牛牵回去。

问:牛有时候会不会去偷吃别人的东西?

答:有时候会,在玩的时候,一不注意牛就走了,去吃别人的东西。去牵牛那些人就我最小,别人就叫我去牵回来。

问:你当时多少岁?

答:十三岁就回乌洋了,当时才几岁,牵牛的时候就八九岁,九十岁。会牵牛就去牵牛。当时阿嬷家里是种田的,二姨也是,放学回家就要干活。

问:当时番畔公有没有出门?

答:阿嬷当时二十几岁的时候他就出门了,回来再去的时候才三十几岁。

问:你过去的时候去过番了没有?

早年即"下南洋"的下坝嬷丈夫张再龟

答:我去的时候早就去了,二姨都还很小的时候就去过番了。我都不知道,只有在回来的时候才知道。

问:当时你在牵牛的时候志昌过去了没有?

答:我在牵牛的时候志昌还没有过来,志昌我是认识的,现在就不记得了,太多年了,认识是认识,不过现在记不起来了。

103

问：除了牵牛，还有没有做其他的？

答：牵牛回家最多的就是去捡猪屎，过年的时候就要跟阿佩吟她母亲一起磨米，当时大家口，要磨很多米。

问：佩吟她母亲是哪里人？

答：乌洋人。快过年的时候就要跟她们一起帮忙磨米，过年的时候要"椿"差不多一担米，"挨笼"然后就椿米。自己吃的米，以前的米全部是"挨笼"的，平时吃的米就要自己"挨"跟"椿"。

问：当时阿嬷住在哪一间？

答：住在楼围，住在阿木桂的隔壁，中间那一间是后来才"标"的，那旁边一间就拴牛跟放"踏对"、放"石帽"。当时在农村，如果家里比较有就要有"踏对""石帽"，年节要自己"挨粿"，自己"椿米"，每个月都要自己"挨笼椿米"。

问：当时你是"挨笼"还是"椿米"？

答：椿米就跟佩吟她母亲，给她打下手，没有自己椿，她椿，我给她帮忙，平时就比较没有帮她，过年要椿得比较多，平时吃完没有说要"挨"那么多，一个月也要吃三四担稻谷。

问：阿嬷当时家里有多少田？

答：有几亩田，自己割的稻谷够自己吃，还卖掉一些，放在隔壁间有三"坫"稻谷，那些稻谷全部吃了，两冬收的粮食，饲的家畜比较多，剩下一些就拿去卖，当时家里的人也比较多，我跟二姨两姐妹，佩吟她们几母子，还有幼花她的父亲，加上阿嬷。人比较多。

问：过年有什么好吃的？

答：过年有一些好吃的，自己养的牲畜，鸡鸭鹅，猪肉，鱼，还有一些红枣，香菇虾米也有，这些东西就是比较有钱人买得比较多，家庭一般的就没有买那么多，阿嬷也是有这些的，鱿鱼的就比较少数，买三几个过年有客人来。大年三十晚，正月初一晚、十五夜就剪一些下去煮粉片，煮白菜这类的，等客人来，一般的哪有这些东西，过年就这样的。一年房头"布田"也要叫"师傅"来帮忙，"布田"收割的时候经常要叫别人来帮忙，就帮忙来帮忙去，你帮我做，我帮你做，几人种那些田没办法收割跟播种，全部要叫别人来帮忙的。

问：小的时候有没有被别人打？

答：如果是做不对，阿嬷就要打，就跟自己的女儿一样，要教，难道要放她去啊，不对就要吃要教，没教有谁一出世就那么懂事的，就跟自己的女儿一样，要做什么也要做，到十三岁年头就回去。

问：你在下坝十三岁之前认不认识阿丈（即父亲）？

答：认识的较晚，离得比较远，他比较少在家，读书上半年四五月就去南淳，下半年八九月去南淳，去到割稻谷的时间就回来，回来帮忙收稻谷，收工后又去读书。他说他才读三四年小学，没有读什么书，等于在十三岁以前就没什么印象，小的时候不怎么认识的，他经常去南淳，我住在这里，离得比较远，他是男孩子，也就没怎么说话，人是认识，不过没什么深的接触。

问：十三岁为什么回去？

答：你舅要去读书，去南陂二姨那里住，他去三饶读书。

问：当时阿公已经过世很久吧？

答：嗯，阿公过世的时候我才四五岁，阿下坝嬷本身人非常好，从对岁小小养到十三岁，你回去就没人来牵牛，佩吟她们两姐妹就去读书。

问：你当时怎么没有去读书？

答：以前的人也跟现在一样，小的时候带过来养就是了，哪里还有给你去读书，二姨去读书她们都不愿意，二姨是给她们做女儿的都不怎么愿意，你要去读书人家怎么会愿意，佩吟她母亲不愿意，在那里帮她牵牛，小小在那里，就在那里牵牛，帮忙做家务，全家人都要做工作，没有人有空闲的，哪有给你去读书？

问：当时跟你以前牵牛的人有没有人去读书？

答：那些人去牵牛哪有去读书，在那里我最小都没有去读书，比我大的那些人哪里还有去读书，当时哪有去读书的？

问：当时像二姨读书的人是不是非常少？

答：像二姨一样去读书的女孩子非常少，乌洋那么多人才几个女孩去读书，不用学费的，就带一本书册，阿嬷那里叫大房盾，焕奇那里就叫二房。整个大房才两三个女生去读书，二姨是说给下坝的，过去乌洋读，她是乌洋给过去的，也不用学费，出本书册费，如果说要学费的，给阿嬷的应该有钱去交，当时的学生非常少，跟现在不一样，当时俊先说，在浮滨教书，没有什么女生的。在我那一层人哪有去读书，像你姐培真她们那些人都很少读书，更不用说我那个时候了，当时要工作，生产队更是什么都没有，你姐姐十三岁就出来干活，牵牛，没读书。

问：她当时是不是有读几年书？

答：当时有读三四年，读三四年要带你们去学校，老师不肯，老师说你带个"鸣蝉"来这里读什么书。老师不肯就没有去读书了，到十三岁的时候，当时比较早高大，就出来牵牛了，当时家里有牛，你父亲就说出来牵牛，到出来牵牛就没有回去读书了。

问：二姨当时书读了多少年？

答：不简单，当时她读到了高中

问：你是不是十三岁过去乌洋？

答：是，十三岁回去乌洋，二十岁年末又重新回下坝。

问：当时你过去乌洋是不是主要陪乌洋嬷，当时她是不是一个人。

答：我当时过去的时候，如果阿舅去读书，就只有她一个人。

问：当时乌洋嬷是在做什么的？

答：当时在入社。我没有嫁的时候就解放了，我回去乌洋的时候，就差不多要解放。

问：当时解放了吗？

答：还没有解放，一解放下坝嬷就被控制了，被当成工商业地主，家产没有被没收；下坝嬷的那些衣服就拿过来搭阿乌洋嬷。

问：家产没有被没收，为什么没有米？

答：家产没被没收，当时被人控制。把那些衣服拿过去放在乌洋嬷那里，被人告密后去拿回来，那些布被交了就什么都没有了，家里就什么都没有了，那个时候，我可能才刚回去乌洋。

问：当时你担米给阿嬷有多少次？

答：就一次，没有那么多东西。

问：是不是乌洋嬷说担那些垃圾土？

答：嗯，她说那些垃圾担到石古兰那里去给他们，我说你在那里有田吗？乌洋嬷说你担那些垃圾土去那里，把垃圾放在芋头上面，再盖一些草上去，就没有人看见。我就把装有芋头的垃圾先担到乌洋嬷自己的田边，再割一些鱼草放在上面再担去石古兰那里，再由阿鹅的母亲担回去。到我再嫁过去下坝的时候，阿嬷已经好了，只有工商业，不再是工商业地主。我嫁过去下坝那一年，土地就入股，人人没田没地，田地全部是政府的，阿嬷当时一些田在公路的那一边，那一片田就比较高，跟这个桌子一样高，田水要用"戽"的，解放的时候就分田分地，每个人都分有田，嫁女儿就把那个田给她，下坝嬷说那些田以后给我就好了，从下坝出来也不远，就在公路的对面，在乌洋那一边的。

问：那些地有多大？

下坝嬷林秀珍（前排中）与二姨妈、二姨丈等合影（1959年5月）

答：那些地差不多有四五分田，全部要"戽"水的，一种下去就要"戽"到割掉。

问：你从下坝到乌洋那一段时间有什么印象比较深的，主要是做什么的？

答：到那个时候，我已经回去乌洋了，就没什么交往了。从小在那里长大的，在光埔那里下去都非常近。

问：有时有没有偷偷跑过去看？

答：乌洋嬷今天田补好，明天就焖糯米饭带过去给下坝嬷。如果路上遇到今天在布田，就当作点心，拿过去吃，给阿嬷全家吃，那个饭是咸的。我在新圩塘边住了一个多月，二姨在那里教书，叫我去帮过忙，有一次下坝嬷家里没有米，就叫我去那里拿些米回来吃。下坝嬷问那些领导说好不好，那些领导说好。十三岁回乌洋，当时应该十五六岁，刚好跟闻昕一样大，我去一次回来。然后我就自己带佩吟的母亲银丝一起去塘边，塘边在浮山那边，走过去，从下坝走到浮山那里去。当时十几岁就带她去，第一次去那里担米，跟阿嬷她们一起去，当时二姨坐月子，阿坚在那里出生，阿嬷她们回来，我就在那里带阿坚，带到年末的时候，等到学校放假我就回家。

问：当时阿坚兄已经出世多久了？

母亲的外祖母姓邱，长年住在下坝嬷家里

答：第一次就是生阿坚，我们一起去的。第二次就是我去那里担米，和佩吟她母亲。

问：当时去担米大概是什么时候？

答：大概就是十月早稻收割好的时候，阿嬷家里没有米，就去二姨那里借点米，当时才几岁，就担一点米，才几斤吧。佩吟她母亲就担得比较多，那个路都要走到傍晚才到，我们这里去浮山那么远，从浮山去二姨那里也要好远，以前是走山路的，不像现在有大路。

问：走山路大概要走多久才到？

答：不记得了，当时才十几岁，一天一直走的话就能到，当时在那边住了那么久，没有去过新圩镇。

问：新圩当时是不是属于浮山？

答：新圩要在浮山过去，二丈一直叫我去新圩，我说不去，新圩当时是在那边的一个镇，回来就回去乌洋了，回家就帮忙做田地里面的工作。

问：那一年乌洋嬷分了多少田？

答：分的田不是很多，三母子就一点田。

2

问：你回去的时候，跟阿嬷是不是就种三份田？

答：当时就入辅助组，进辅助组是政府有规划的，有多少人，有多少户，就在阿嬷房子后面的那些人。阿嬷那个地方叫作"新厝园"，以前那个地方有几个小地名，叫新埕、杨厝、竹围、老厝、下井沟，左近那些人，各处的小地名，就跟那些人，去田里干活，今天做你的，明天做他的，收割回来的稻谷各人是个人的，这就是辅助组一起帮忙干活，就跟我们请师傅一样，你帮我做，我帮你做，要包吃，不过不用工钱，工作一起帮忙做好就是了。

问：辅助组的时候，我们当时是跟哪几户？

答：有七八户吧。

问：辅助组里面有没有人在里面当头？

答：这个有。

问：当时阿嬷那个辅助组是谁在当头？

答：现在不记得了，就那几个人在商量今天要做什么人的活，明天又要做谁的，谁的稻谷比较熟，就先收割谁家的，番薯地谁家可以先做就做谁家，就跟自己的活一样。今天轮到这家收割，那个稻谷就要收割好，一起帮忙到收割好了，明天做其他人的就要帮忙把其他人的也做好，就是这样子的。

问：辅助组一共做了多少年？

答：太久了，当时才十几岁，不记得了。

问：你在辅助组的时候主要做什么工作的？

答：就是做那些田地的工作，女孩子就割稻谷，男人就打稻谷，以前打的是摔斗，以前没有那么多户的时候，就自己新厝园那里，跟几个哥哥、松青、清发他们几个。清发他父亲跟我父亲是亲兄弟，清发他父亲是大伯，应发他父亲就是小的。

问：阿公他们有多少兄弟？

答：他们有三兄弟，清发他们就是大伯，我们是二伯，应发他们最小，以前叫细叔，清发跟应发他们是同一个父亲的，他们是两兄弟，顺发那个是堂的，顺发那个在乌洋就是堂的，顺发的奶奶就是我们乌洋嬷的亲姑妈。这样就是那个姑妈介绍的，当时叫作亲姑孙就是了，他们是堂的，人不是很多，不过也很亲。上一次二姨在细舅那里，说大舅现在好，我就叫作大哥的，以前在岭头尾做得很好。以前乌洋很乱，大哥每晚都有去岭尾那里接，接二姨她们回来睡，以前就是那样，就说大哥好。如果是营灯做戏，一人给三几个铜钱就很好了，要他去帮阿嬷做工作就没有，他自己那么多儿女，种那么多田，种在山里面，很远，在乌洋那里去要很远。他跟你丈一样也要去走山内。也要去走浮山，走上山里，他经常十月冬，早早八九月的时候，就买花生，买完就拿去煮，下盐，晒好以后就藏起来，十月冬的时候就把花生拿去炒，然后去换东西、换糖什么。他就经常要去做生意，要帮你做工作就没有，就这些弟妹，营灯做戏，就给一些东西就有，晚上天色暗下来的时候，就去看看阿妹她们回来了没有，没有回来就去接。这样就很好了，只是堂哥而已。我也在乌洋没住多久，就住七年左右的时间，十三岁时回去，二十岁年末就又过去下坝了。所以对乌洋那边都没什么印象的。

问：当时细舅是不是去三饶读书？

答：当时是在三饶读书，后来考到了韩师，以前的韩师很好了，当时才有多少人去，整个三饶没几个，考到韩师也不是那么简单。

问：细舅考到韩师的时候，你应该还在乌洋吧？

答：他考到韩师的时候，我已经嫁下坝了，我才回去乌洋住七年。

问：舅舅在三饶读书是不是星期天就回来。

答：是的，一到星期六就回来，星期天的晚上就担一头米、一头木材，如果有青菜就带一些青菜。当时二姨住在学校，他住在二姨那边。

二姨在南陂那里，做汤溪水库是很早的事情了，就是从那时候移过来的。下坝嬷跟乌洋嬷两个人不能去小塘东山。

问：小塘东山在哪里？

答：小塘东山在浮山外面那里，二丈在那里教书，大家说二姨那么多孩子怎么可以跟二丈去小塘东山，要让二丈移回来三饶。

问：当时二丈回到哪里教书？

答：当时就回到南陂那里教书，在溪西那里教，南陂就叫作溪西，是一个大队。当时大家对二姨说，你的外家在这里，教书也在这里，你自己一个人带那么多小孩要出去外面怎么办？就说不能去，当时溪西那些干部就说你要在哪里住，由你选，就在南陂教书，后来就选房子在后坎那里住。细舅去街路（即饶平一中）读书，就在那里住，早上在那里吃，中午放学回来吃，晚上回来吃饭休息，一直到后来考到韩师。二姨说对细舅也有一些支持，支持也不小。

问：二姨当时移民到南陂的时候是否也去教书？

答：移到南陂的时候有教一段时间书，后来就去教民办。下坝有些人不肯她去教书。

问：当时她在新圩的时候有没有教书？

答：有，她就是去新圩那里教书，才有去那里的，就是在教书的时候生阿坚。

问：当时她教几年级？

答：这个我就不知道，当时二丈就说要把阿坚分给新圩。要二姨重新去读书。二姨不甘把阿坚拿去给人，如果去读，出来就可以正式教书。

问：后来搬来南陂的时候还有什么事没有？

答：一开始还有教一会儿，后来就去理食堂。

问：理食堂是做什么的？

答：当时那个时候，理食堂都没什么用的。那儿东西就少，自己村里的人不愿意。就一样跟村里的人去干活，到现在都记不得了。太久了，只有自己经历过才会记得。

问：当时在乌洋的时候，阿嬷的田有几个地方？

答：就三四个地方，光埔一点，矮园一点，车田一点，下廊一点。

问：有没有山？

答：山有，倒桥那里有一点，有几分田那么大小。

问：当时那里种的是什么？

答：以前那里也是种田的。

问：在乌洋的时候是不是也要割很多草的？

答：那是肯定的，什么工作都要做，以前细舅去读书，说回去乌洋就是回去劳动的，就是家里的主力了，就要跟那些哥哥们一起去干活，阿嬷就没有出去干活了，她就在家里做自己的工作，去田园干活就都是我去，以前收割的时候跟"阿两"一个摔斗五个人。

问：是哪个阿两？

答：你应该不认识，就是大舅的女儿，她嫁乌洋，现在还在。

问：你们是不是岁数差不多？

答：她小我一岁，就一起两姑孙去帮忙干活，她家的田比较多，就要去两个人。

问：除了种田还有没有其他的？

答：以前除了种田以外，有时候就去帮忙烧瓦，如果有人来买瓦，就帮忙担瓦去凤凰。

问：跟谁一起去？

答：有跟乌洋嬷，大妗也有，两也有。有很多人，担瓦去凤凰，担到很多地方去，担瓦最重也没有几个钱。

问：是不是每个冬头都有的？

答：没有，只有有人叫的时候才去，有人来买。瓦是越担越重的，担瓦很辛苦的。担到很多地方去过。

问：担一担有多少钱？

答：没有两角钱，早上早早就出门，担到那天中午就到了，当天就可以回来，凤凰的棋盘厝离得不是很远。跟你丈担米的时候就要走山路，很难走，后来都是走公路的，不过就是路程比较远，有一些会比较平坦。

问：担瓦以后还有没有其他的？

年轻时的母亲（左）与婵妗（1954年12月）

答：担瓦的是有时候，很少的，冬头工作做好就做自己的家里活，田园拿柴草什么，种田的家里天天都有工作的，冬头结束后，稻谷收拾好，田布好，比较闲的那段时间，就上山割柴草，上半年就比较闲。不过就是经常下雨，有空的时候就要牵牛，那只牛也是要牵的。跟清发他们轮流，一人牵半个月，一个月就是半个月你牵，半个月他们牵。

问：在乌洋牵去哪里吃？

答：乌洋经常牵去山里吃，如果我去干活就阿嬷牵去，如果没有去干活就我去牵牛，种田的天天有工作，不做这些就做那些。当时跟清发舅的老婆比较熟，叫作"婵"，当时清发舅已经生孩子了，他那个儿子现在也做阿公了，也有几个孙子了。

问：过年有没有做戏？

答：我以前回去的时候很少有做戏，到有做戏的时候等到后来很晚了，你们全部长大了，全部去读书了，以前乌洋做戏你们应该都知道了。

问：一开始回去乌洋会不会不习惯？

答：会，一开始回去会不习惯，吃的习惯都不大一样。三月的番薯皮不是很光滑，有一个痕一个痕，那个皮没有弄干净，煮后那个番薯粥全部是皮出来，经常吃番薯粥。以前一开始分家，你们细细的时候经常也吃番薯粥，那一点点米，有番薯粥已经很不错了，老嬷说番薯粥不知道为什么吃不腻，很喜欢吃，要不然那点米都不知道怎么煮，加一个番薯进去看起来就比较多，也可以填饱肚子。以前回来的时候晚上都比较晚，老嬷经常吃这些。老嬷说东云不知道为什么那么喜欢番薯粥，我吃得很腻了。

问：哪一个老嬷？

答：就是下坝那一个老嬷，就是你丈他的嬷，以前吃的就是这些。

问：在乌洋那几年还有什么印象比较深的？有没有跟其他人吵架？

答：有时候有，回去乌洋没几年，也没跟其他人有什么深的接触，那段时间那里也没有什么姿娘仔，有一个以前在做小孩子的时候经常一起去干活的姿娘仔，后来嫁到河口那边去，几年没有看到，看见了很高兴，见面牵手牵脚的。当时她住在新场，一起干活的，她们也是两姐妹，我们是两姑孙。

3

问：当时阿丈跟阿伯非常小的时候就去走山内？

答：很小的时候就去走山内了，会的时候就要走山内。家里是种田的，家里没有那么多田。当时家里也没什么东西。

问：到比较大的时候就去读书？是不是读书读四年？

答：嗯，读书才读几年，家里没米没办法去读书，阿伯的书读得比较深，字认识得比较多，他去老姨婆在潮州开的那个息珍园，就是做现在的饮食。我听下坝嬷说的，开息珍园，过去帮别人端饭菜。那个老姨婆就是阿老嬷的姐妹，等于去老姨婆那样子。

问：潘之文（老姨婆的丈夫）以前是做什么的？

答：听说是做律师的，新中国成立前是做律师的。

问：老姨婆是跟老嬷亲姐妹的。潘永定是她的儿子，你以前跟阿丈还去过潘永定的家，潘永定就是老姨婆的儿子，这些人是跟阿公是表的，像阿伯的就是孙辈的了。阿伯去帮她理数，理了多少年？

答：理几年我就不知道了，就知道他在潮安开息珍园，就叫他去帮忙理数，就说在理数的那几年就有学到字。

问：他到底读有多少年？

答：这个不知道，没有去问他以前读有多少年。这是说当时在读书，跟步俊、步高一起读书，你丈跟他们一起读书的。

问：阿丈跟谁一起读书？

答：你丈跟步高，就是步俊的哥哥，他们两个的岁数一样大。他家有钱可以读中医的什么，你丈就一到晚上就点一根"薪"，一不小心就会掉下来，把书本烧坏了，没办法读书。还有家里一到四五月就没有米，经常去南淳，没有时间读书，他说他要回来考试一定是第一名的，如果没有回来考试，老师也要把二三名给他。

问：就是说他掌握了读书的方法，用最短的时间掌握好知识。步高怎么样？

答：步高就比较一般，步高这个人我是认识的。

问：你也认识步高？

答：嗯，我认识他的。

问：平时读书没有灯？

答：嗯，只有点"薪"，就因为这个缘故，你丈就说子弟要是以后有材料，想读书，以后走山行岭都要给他们点灯读书。你们两兄弟点的那个大油灯。

问：那条灯还在不？

答：那条灯还在家里的楼上。你丈就说：如果他们两兄弟会读书，大赤岭再难，我都要去爬，买根大灯给他们兄弟读书。不能点这个小灯，小灯读了以后眼睛不好。要不然别人想成全我们，我们自己都没有本事去做那个事。就是在说他自己，有人要提携他，可是自己却没有本事做好，才读那几年书。做生产队的会计，你丈就说不会，才读几年书，不敢去做那个职位，做了不要害到别人，这些事关系到别人的肚子。不要耽误别人。不要弄错别人的事。被村干部一直骂，后来被骂了没办法，就只有去做。当时要算数的时候，就去请丁智，叫他帮忙一起算。

问：是不是丁智算数比较熟？

答：他可能比较会。你丈就说自己不会，还是不要做了，就去跟头领说。

问：当年是生产队的会计，还是大队的会计？

答：当时是生产队的会计。

问：生产队的会计村干部骂什么？

答：你自己不来做，他要去叫别人就比较麻烦。

问：跟大队书记友德叔公是不是不同生产队？

答：不是同一生产队，不过他是头领，他是大队的头领，你不做，他就要管你。后被骂的没办法，就去做。自己

下坝村泰阳楼里的老井

的文化浅，才读那两年书，要怎么做，就说自己不会。还说，儿子会读书，我大赤岭情愿去爬，也要买根大灯回来给你们读书。要是自己没有本事，别人就是想成全我们，可是你自己都不会做，怎么成全。都没有办法去做。

问：对，买那根大灯我有印象。

答：你们两兄弟在读书，一人在床上的这头，一人在床上的另一头。那根大灯就放在床中间。

问：那个床还在不在？

答：有，那张桌子现在放在老厝那里，现在都不时尚那种桌子了，那张桌子还是你丈去走山里，在山里买的。当时分家的时候，家里什么都没有。你伯那张桌子是说去帮老姨婆在潮州帮她做息珍园，才给了他一张桌子，回来的时候搬回来。他就说那张桌子是他的。分家的时间就分了一张床柜头，就是那种抽屉的那种，分那张床柜头，正月的时候，四个舅公都来，来到坐在那个床柜头吃饭，一人对着一个床头角。就去弄了一张小的圆桌子。那种圆桌是比较高的。家里都没有什么东西。后来没办法，就去走山里的时候买了一张桌子。那些桌子是那些有钱人做迎神赛会的，生日满月，要做桌请人，就要自己家里做有多的桌子，山里的杉木比较多，做完用好就收起来，没用的时候就拿来卖，那张桌子就是在山里买回来的。

问：在山里买的是不是？

答：嗯，那张四方的桌子就是在山里面买的。现在这些桌子就不合适了，放在老厝棚顶。还有以前的那些床头，那个老厝年久失修快要倒了。

问：当时四个舅公来干吗？

答：四个舅公来，有外甥有阿姐。就在我们家那里吃，正月头来，依叫依去吃，我叫我来吃，吃好吃坏是一回事。这个是情理的问题。就去弄一张圆桌子，吃了几年。后来就去买了那种桌子。还在阿元姑借了几年的桌子。元姑家里的桌子比较多，有些没有用。我说家里没有桌子，元姑就说去她家担一张没有用的桌子回来，借了几年。就是正月那四个舅公来，那张床柜头坐起来很不舒服，就说没有桌子，元姑就说去她家拿。拿了一张大的八仙桌。

问：后来的那张大方床是不是阿丈自己做的？

答：是我们在睡的那张床。那个就是刚做的。

问：以前那个大床还在不？

答：哪一个大床？

问：就是以前我们在老厝睡觉的那张床。

答：那个梨木的已经坏掉了，你哥也在找。那张床丢在老厝的楼顶上，放在那里已经烂掉了。

问：完全坏掉了没有？

答：都烂掉了，那张床都是犁木做的，以前家里没有地方放，就丢在那里。以前哪里有地方放，在里面烂掉了，也没去看它。那一张床睡觉很凉爽。整张床都是梨木的，全部是梨柴。放在老厝的房间底，有几十年，早就烂掉了。

问：阿嬷以前是不是比较高大？

答：阿嬷很高大，听下坝嬷说的。下坝嬷经常说你大姐会像阿嬷，高大。阿嬷也是很高大的。

问：说阿姐会像阿嬷是谁说的？

答：是下坝嬷说的。说你姐培真会像阿嬷。

问：阿嬷过世是什么时候？

答：七月初六，当时有多大，当时你哥阿林正月生，七月阿嬷就过世了。

问：阿嬷过世的时候是多少岁？

答：这个我不知道，阿嬷1962年就过世了，阿林正月生，阿嬷七月就过世了。阿瑞娟跟你哥一样大，就是月数比较小，小了半年。

问：当时阿嬷主要是跟谁一起住？

答：嬷就自己住，就在我们老厝那里住，就是下厅过道那里，她就在那里煮饭，她就去跟你姆她们，我们就去阿下坝嬷那里住，当时一开始公社化的时候，实行人畜分居，人与人住一起，畜生与畜生住一起。畜生全部关在楼底。鸡鸭鹅就关在楼

被废弃的旧围楼

底，猪就养在祖厝，住人的就全是住人，一户就住两家人，楼底就拿去养牲畜，就那样所有的东西全部被搬光了，你想，一户住两户，那些东西去哪里拿？那些东西没有地方放，当时就说去下坝嬷那里住，什么都没有。我一直记着。我现在楼上的那口大柜，放在下面我一直没有去看，这个大柜要是不要它，以后孩子们的衣服要放在哪里。自己的那几件衣物也没地方放，我就跟阿嬷说，我下面那个大橱抬到楼上来。下坝嬷就说，不要抬上来了，要来干什么。上面有很多大橱，又不是没有的东西。我自己内心在想，几十个柜子是你的，以后要是我回去住，哪敢叫你给我一个橱？这是没有的事，就一直下去看，就一定要在楼上整理一个地方来放这个柜子。没有搬起来，以后就被别人拿去劈成柴烧火。那时候做食堂，你人一走，什么东西都被人劈掉，那些栋梁全部被人拿去烧。我下去看了好多次，我们当时是睡在楼上的，我就跟你丈说，把那个大柜子搬上来，在上面整理一个位置可以放那个柜子。随便放在上面，窄点就窄点。抬上去的时候，阿嬷就说，你抬上来做什么，跟你说了上面的柜子有很多个。我说有很多是很多，可是都是你的，以后我要是回去，去哪里拿柜子。你要是说给我一个柜子，其他人愿不愿意。我不要，我自己抬上来。不然被别人劈掉，然后要来找你讨，我不要。我自己抬上来，以后回去我自己抬回去。我随便放，窄点就窄点。回去的时候就把那口大柜子抬回家。后来搬回去的时候，那个大柜子就可以放你们的那些衣物。要不然那些东西哪有地方放。当时就抬了那口大柜子去，其他的什么都没有。

问：现在那口大柜子就放在棚顶？那个大柜子现在应该还很好吧。

答：嗯，当时说两口柜子，一人一个，就是分家的时候分的。

问：分家就是分这口柜子？

答：是。

问：是不是阿公留下来的东西？

答：就是分家分的。有两口柜子，阿伯一口，我们家一口。

问：那个柜子现在还放着什么东西没有？

答：现在你的那些书籍我就帮你收拾在里面。还有一些就放在另一个小的柜子里面，现在上面就放一些我的衣物跟被子。那个柜子的下面放得满满的都是你的书。

问：那些书不要丢掉，我还有很多作业本在那里。

答：没有丢掉。那一天收拾门床，在床下面有很多书，不知道是你丈的还是你的。以前你丈在理数，不知道是谁的。就跟阿君说，开出来看看有没有用，没有用的话就拿去丢了。阿君就说你不要去动它，藏回去就好了。

问：我明确说了，老家的东西全部不能丢掉。特别是阿丈的东西，一本都不能丢掉。

答：君说，你帮他藏回去就好了，我没有本事去看它有没有。要看的话等二兄回来再看。

问：这些东西不能随便丢。她们不懂那些东西的价值，不能随便处理。

答：那些东西有点脏，看起来就有一些字据，拿到下间垃圾桶的时候，有一些字，就拿出来看看是什么，究竟是什么。自己不认识字，如果是写字的应该把它放回去。要是不小心丢了，如果是你的作业本还好，如果是你丈的账本到处丢被别人看到就不好。那些东西拿起来看，是条，盖有章。那些东西就拿回去，用一个袋子装好，放在抽屉里面。本来打算叫阿君或者阿明看一下，一直忘记说。

问：你丢掉的垃圾，除了这些条还有没有其他的东西？

答：没有，有一些被老鼠弄掉了，有字的东西我都放回去了。

问：这些东西都是难得的材料，反映了二十世纪五六十年代的经济情况，当时的历史痕迹。现在要保留下来不容易，现在一点都不能丢。

答：那些东西我就看不懂，不过看出来是条，盖有章。

问：你看，我读小学的学费单，两块钱的单现在还留下来。我读二年级的时候，两块钱都没有，没有按时交学费。

答：一斤米以前担到凤凰，去到凤凰那里要走一二十公里。当时你丈，担一百多斤米，一斤米挣三分钱，一担才挣多少钱。那些米要担三个下午。要先去三饶买米，今天先去三饶买一百多斤米，担回来家里，明天早上吃饱，鸡叫半夜的时候，两点多三点的时候，就要担到凤凰那里去。天亮了，开市了就拿去卖。一斤米好价钱的时候，挣有三分钱，行情不好的时候，就挣两分钱。你算一下一百多斤米才能挣多少钱？你想要靠担这些东西来过生活，有人还要骂，不是说你有空就可以去担的，不能天天去的，还要去生产队干活。这一百多斤的东西挣这几个钱，还不能天天去，如果要担去卖，今天晚上半夜就要担去凤凰那里，待会回来就像你要去读书一样，还要回来赶去田地里面干活。跟别人一起去做。别人才没有骂，你要是一天早上没有去干活，头领就说没来待会要骂他。以前的社会就是那样子的。不自由的，不像现在的社会。

问：三个下午，担到满头大汗一步几滴汗水。

答：那条路，有一些比较陡峭的岭，跟这个楼梯差不多，像那样的路程有五六公里的路，那一担一百多斤，就像这个爬楼梯一样，要走那么远的路，一斤米挣三分钱，你看要如何过生活。以前的生活很艰苦。想到以前的生活，很怕。在公社化的时候干活就更怕，早上要干

像楼梯一样陡峭的凤凰坝陵径山路

活,中午要干活,晚上还是要干活。一天到晚都要干活,以前的口号是"组织军事化""行动战斗化",你慢来一步,就要挨骂。你在做什么,为什么等到现在才来,就算是要去小便,也不能去,要跑去田地里面,随便找个地方解决。没有人骂你。如果在家里解决,就跟不上别人的脚步,就要骂你。当时的制度有这么严格。种田都要这样子,这些东西我是完全经历过的。今天工作限你做多少,没有做好今天晚上就要骂你。为什么没有完成工作。以前工作的时候就害怕,还要带那么多个孩子。

问:以前阿丈出门锯柴,三冬六月就不能出门,只能是闲时月?

答:三冬六月就不能去。回来的时候,村里的领导就叫你丈待在村里,不要老是去走山里。要是叫你丈不走山里,那是没有的事。被人骂也要去。你丈说:骂就被人骂,我头低低给人骂就是了,如果口袋里面没钱他就受不了。如果现在没有半分钱,你说要怎么办啊。学祥的父亲，一人丈二布尺，一人一两半糖还要拿去卖。你丈就去跟他买。你丈说他不怕别人骂，只要不打他就可以了。你要是叫我一天没有钱，他都受不了。只要吃得饱，多么重的工作他都会去做。如果一世人连一两糖都没有，他说这样怎么办呢。他说有多艰苦他都不怕，不怕别人骂他。就是别人要做那一件，他也会做。要是算盘的什么，他也会。要去干活，他也会，要去做什么他都会，那几个人就一起干活。我们那个时候，经常有人说没糖什么的。我们家是没什么好吃的而已，还是能吃饱的。你丈一世人就一直在到处跑。

问：当时你刚刚分家的时候，是不是就去走凤凰？

答：就是那一年分的，十一月分，头年十二月过去，第二年十一月就分家。当时生产队也没分什么东西，没办法吃到过年。分家的时候就说个人去发展。十一月分的家，十月份去收割稻谷的时候，你丈没有回来收割，他去竹排楼称稻谷。竹排楼的那个生产队来我们这个生产队，你丈过去他们那个生产队。称了一冬的稻谷，到那个稻谷收割好，那些稻谷晒好，仓清好，全做好，交还给他们。然后就各人回各队了，你想禁了那一个多月，什么都没有去动，田的工作没有去做，突然去凤凰担东西，去那里担两担东西回来。今天去担一担回来，明天再去担一担，大后天就要担去卖，担起来都走不动，担到那个新塘圩就不会走了，腊理伯叫他走在前面。就担到那个新塘圩那里去停。等了好久都没见他走上来。他就停在那里想，现在要担都走不动了，要走回家还很远。这担叶要担回去就这么远，不担回去放在这里，又怕被人担去了。想了好久，后来没办法，不要它。就算明天被人担走了也没有办法了，已经走不动了。回到新塘圩的时候，腊理看到你丈空手回来。就走到他旁边问他，你那担叶到哪里去了？他说丢在半路上了。腊理就说他担了那么远，有多难都要把它担回来。他说，不要说了，都没办法担了，你叫我怎么担。就回家，回家后吃完就去睡觉了。第二天早上吃完饭，衣服洗好后都十点多了，就叫我去新塘圩前面榕树下看看那担叶还在不在，在的话就担回来。我就说：不是，你刚才说的是什么？他叫我去榕树下担一担叶，我就问他在那里为什么有一担叶。他说是昨天晚上担到那里走不动了，放在那里，应该没有人去拿。你去看看，如果在的话就担回来，没有就算了。我就到新塘榕树下，以前的人多么纯朴，远远就看到，那担叶停在那里，那个竹笠、浴布、扁担都没有人动过。

问：第二天就担去浮山卖？

答：第三天才担去浮山卖，浮山圩，一开始的时候，不会担，练练

父亲担叶去往浮山圩出卖的山路

就会了。

问：当时是不是分家了？

答：就是分家的那一年，农历十一月份分。以后就经常担东西走山里。

问：后来你也有去担？

答：他担回来家里，我帮他担去卖。

问：那一冬大概担了多少次？

答：不清楚了，担到过年的时候，担了几次。三天就一次，没有天天去的。

问：第二年是不是去福建？

答：是，隔不是很久就去福建了，去开成螺板。抬到过年回来，就说用赚来的那些钱去做一件大衣差不多。问我要过年，还是拿去做大衣。我就跟他说，做个大衣，出门不会冷，跟别人会上。如果没有，出门太冷，也跟别人不上。出门跟别人不上，也不好。就叫他去做一件大衣。买一些猪肉拜老爷祖公就是了，然后就去做一件大衣。

问：你说当时阿姐还没出世？

答：嗯，应该还没有出世吧。太多年没什么印象了。那件衣服穿到还没有去下水，后来被你伯借去，穿去葵坑做亲人。他没有衣服，就借给他穿去。被他穿去，前面滴了两三点油渍。要不然那件衣服还很新，很好看。

问：现在还是那样子吗？一直没有洗过？

答：一直没有洗。有拿去蒸，蒸了还是有一个痕迹。当时去新丰圩示威游行，两省三县十八乡示威游行。说军民团结如一人，试看天下谁能敌。那个横幅就是这样写的。

4

问：下坝嬷有没有讲一些关于内嬷的事情？除了年节帮别人做粿、担盐外，还有没有其他事情。

答：其他的就是一过草冬，经常去割草。割草去卖，村里有人要，就担去卖给他们。以前村里有富人，他们很少去割柴草。

问：阿嬷的身体怎么样？

答：我在的时候，阿嬷的身体很好。

问：阿嬷的性格怎么样？

答：我才去住一年。阿嬷的性格就是比较和事佬，以前说起来也是那样子，她是自己煮的，她要做什么就没有，那时已经公社化，就是说这个公社有多少老人，有多少青年妇女，还有多少小孩。有多少小孩要老人带，这些东西全部是要计划出来的，家里要是有自己的爷爷奶奶的，人家就要带自己的孙子，如果家里有老人没有小孩的，就要安排小孩子给他们带。你姐的那个时候，下坝嬷就说要带东云的孩子。我就说我的孩子要给我的大姨带。

问：当时叫作什么？

答：当时就叫作公社化，公社化的时候老人就带小孩，煮饭的归煮饭，种田的归种田，割草的归割草，放塘的归放塘。一行一行分下去。规划你去做什么你就去做什么。如果分到你去担木炭就辛苦。担那个火炭去钢铁厂，分你去担火炭，你就每天都要去凤凰，去担火炭。就按照规划来，规划你去做什么你就去做什么。食堂就规划这里有多少个老人，有多少个小孩给老人带。阿嬷就说要带自己的孩子，我们也说自己的孩子给我的大姨带。你内嬷就带惠娟，惠娟就跟你姐一样大。当年我坐月子生你姐培真，碰到大旱，你丈就在做生产队长兼做统计，统计今天生产队做了多少工作，种了多少田，抗旱有多少。乡里的这些统计都要他来做，统计后去乌洋汇报。很忙都没有煮一顿给我吃。

问：当时阿丈刚好当生产队的队长？

答：嗯，当时当统计，统计全下坝泰阳楼这么多个生产队，今天做了什么，全部统计出来，然后去乌洋汇报。

问：当时友德叔公叫他做的就是这个统计？

答：嗯，就是做这些，有一些太难就说不会做。不认识那么多字。就是全泰阳楼生产队都统计今天做了多少事情，去乌洋汇报。还做生产队的队长。当时刚好大旱，要去"戽"水，我就坐月子。生你姐姐的时候刚好是公社化，他要出田之前，就把那些水、米、火炭、炉子全部搬到楼上去。就把炉子的火点上去，把鸡蛋放下去炖，说肚子饿的时候就起来拿去吃，要吃粥就放些米下

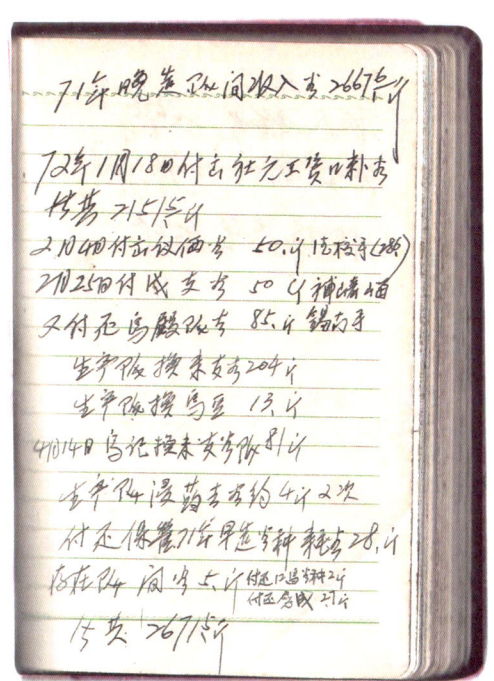

父亲的笔记本

去煮。就在老厝的楼上。主要是下坝嬷在帮忙,几个月的时候一直是她带着。就是那几个月她带小孩才不用去干活,要不然还要她去干活的。当时在做那个芒坑水库,当时我有了你姐,就没有去做。

问: 阿嬷当时还要去做?

答: 当时年龄不够,全部要去做。他又限多少岁的,男人多少岁,女人多少岁。当时还被木板砸到腰,当时还不够年龄,还是劳动力。

5

问: 这次主要讲阿丈的事情。

答: 他们俩小的时候,没有去搭理他们,这个没法讲的。

问: 要不讲阿嬷。她在南淳排第几?

答: 她应该排最大吧,阿大舅公还要叫她姐,应该是最大了。她们南淳三代人都嫁下坝,就是阿嬷,元是她的亲姑孙,还有阿歆叔的儿媳妇,那个大的媳妇,就是阿元的亲孙。

问: 以前阿丈去锯柴三冬六月就没有去,只是闲时才去,是不是?一年去几次?

答: 是,只有闲时才有去,一年去两次,五月一次,八月一次。五月前稻谷布下去就闲了,八月田布好,肥下好,女人就要去山割草。

问: 一次去多久?一两个月?

答: 嗯,五月就去,去到六月冬要收冬就回来。八月去就去到过年。一年有一个界限,八月去就比较长一点。

问: 八月要不要回来收冬?

答：如果有工作的话，比较少回来。我们有钱买工的，十月冬比较短，就收割那几粒稻谷而已，不用继续布下去。短冬，头领就比较没有管你，长冬的就要回来。

问：当时主要是娘镇哥在当队长？

答：一直是他在当队长，以前是小生产队，不是总的。

问：锯柴主要是前期吧，后期是不是主要走山内？

答：到后来就比较没有去锯柴，到回来布田，打早打晚也要去走来走去。

问：是不是零碎的时间就去山里？

答：基本都是去桃源，山里就去浮山买东西，买鸡鸭，买狗，去到那里看到那些东西比较好买就买什么，客人比较喜欢鸡鸭、蛋，客人以前就像现在的三饶那些卖陶瓷的人，那里到处都有这些碗窑，一大片，整一个山都是碗窑。基本都是靠做陶瓷吃饭的，没什么人种植的，那里的地方山底比较窄，没有大洋大北的。那些田比较少，都是做瓷的。

问：后期双定兄也一起去担？

答：嗯，他们两人经常去担，以前是两兄弟，后来就两叔孙。

问：阿伯比较少去？

答：他都比较大岁数了，不用他去都可以，走山内是很辛苦的。锯柴就是开始那几年，年轻那几年。阿林去读师范，他还经常去走山内。

问：最后一次去是哪一次？是不是我哥摔倒那一次。

答：摔倒以后还经常去，叫他不要去，他要去哦。你哥就跟你丈去，担到那个南淳进去，叫作"江西田"，那里有一片操场。下面是操场，上面也是操场。道路很窄，只能担一个肩膀，又是黄土路，一下雨路很滑。去到那里的时候，我也不敢担过去，基本都是你丈担过去的。

当时阿林担到那里，踩失脚，摔下去了。阿林读师范时，跟你丈去了两次山里。有一次是晚上去的，过年的时候，自己养的猪。

问：卖猪？那当时应该是要过年了吧。

答：是过年前，就跟你丈担鸡鸭过去，担了去住在华昆伯家。

问：华昆伯在哪里？

答：那里叫作陈厝楼。总之要去那里过夜的。那一天如果到得比较早，就在旁边转，如果比较晚，就没有，等明天早上再去。就在那附近卖，卖完就回去那里住。下坝走山内那些人，就我们还有锡丰他们两兄弟为主。其他人也有去，不过没有那么经常去。经常在他那里住，有一次华昆伯就对阿林说：来多几次就可以不用来了。阿林说我没有应他说那是啊。去那里住，第二天早上就安排一起吃。他是主人，我们拿

大埔县桃源镇陈厝楼的陈华昆伯伯，是父亲常年歇脚的房东（2012年4月3日）

些米搭他一起煮。他知道我们要出门,不会晚。担有鱼什么的,就拿些出来吃,拿一些给他。在他那里住,一个晚上要多少钱,在那里吃的什么?。就是搭一些米,一起煮了吃。

问:就相当于一个小驿。歇脚的地方。

答:当时的乡村,没有店铺的。我跟他一起去都是去走村闯户的。

问:是不是韩江林场那里进去就是了?

答:韩江林场进去还要很久,要走一整天。

问:去到哪里要走一天?

答:从家里出发到桃源要走一天。去到那里的时候,就在旁边的乡村边走边卖。第二天早上就担去碗窑,那个碗窑的山门就是一条"坑",中间有一条小溪,那条小溪不是很大,这边一个山,那边一个山,中间一条溪。那边的山都是房子,这边的山也都是房子。早上就沿着这边的山走上去,中午就去那个碗窑煮午饭,吃完就在那个碗窑那里转,卖多卖少,下午就沿另一边的坑卖下来,卖到那个华昆伯那里去。然后就在他那里住。

问:等于就是在他那里住两个晚上?

答:嗯,就是在那里住两个晚上,今天去住一个晚上,明天拿去卖,卖完就又住一个晚上。回来的时候,到坪石煮饭,吃完再回来。

问:等于来一次就三天是不是?

答:嗯,一次三天,一程去,一程回,中间有一程在卖。就是说走南不要走北。走北就没有人卖吃的。就要一直饿着,走南就到处有的吃,走北就没有。就要去到可以煮饭的地方,要不然就一路没有人卖吃的。

问:阿丈平时身体怎么样?

答：他以前的身体经常不是很好。

问：主要是哪里不舒服？

答：主要是心肝有时会痛，平时没有什么事。一世人都是一直在做的。

问：平时在村里，跟谁的关系比较好？

答：关系比较好，就是在出门的那几个人。跟添宝的父亲比较好。添宝的父亲去锯柴被柴砸到。

问：在哪个地方被砸到？

答：在食饭溪那里，在那里的山里。本来没有安排他去斩柴，那几天可能是身体状态不好，乱说话吧。那棵柴还没有斩好，是海水伯在斩，斩了很久都没有斩下来。他在对面搭寮，搭了就说，那棵柴斩了那么久还没有斩下来，就说了一些不是很好听的话，就说让他去斩，就拿了一根斧头直直就过去，过去后那棵柴就让他砍下去，那棵柴看起来都是倒在那边下去的，倒下去撞回来，把人"爆"到，就把人爆"破相"了。添宝的父亲就被柴砸倒了。当时添宝的弟弟添如才两三岁。

问：当时怎么样？

答：当时就"破相"去，当夜就在那里去世。那里叫作白水磜。当时去锯柴，最先就是他们那几个人。

问：这件事在当时是一件大事吧。

答：嗯，就是做柴的那些人，当时刚好是冬节。最先的就是这几个人，到后来就越去人越多。

问：当时那几个人身体怎么样？

答：就添宝、中学他们那些人的父亲，经常是离时不离日，经常在一起的。

问：永平哥我印象比较深，以前经常来家里坐。

答：永平一直就比较有来，喝茶。以前永利也是经常来。你丈经常去他家，他也经常来。以前两愿要跟玩婵结婚的，说玩婵多两愿很多岁，七八岁还是多少岁。玩婵在潮州原是有结婚，还有孩子的。潮州被日本占据，就跑到我们这里来，当时村里娶了很多潮州姿娘。后来潮州的那个丈夫有过来找，被他找到了。叫她回去，玩婵就不回去。说这里也生有孩子，一错就没有二错。以前是因日本失陷，才跑到这里来的。

问：后来生产队跟界如、荣哥是不是比较晚了？

答：这些就是生产队来了，生产队就是一起去做，大家都差不多就有来往。你丈虽然说没读多少书，当时生产队还要他帮忙。以前都是界如、俊校这几个人。界如是生产队的会计。

问：队长是不是俊校？

答：俊校是后来的时候。

问：队长当时是谁？

答：以前是他的父亲，俊校是记工，他父亲是队长。界如是会计，木桂可能就是出纳。到后来别人就要你丈理会计。

问：阿丈跟阿柚伯也比较熟？

答：嗯，他还不错。一开始去借一两块钱，他是愿意的。跟你丈是比较相好的。

问：当时阿丈身体不是很好，是不是我们已经去读书了？

答：嗯，以前都是不怎么好。

问：他身体不好，最后一次去走山内是什么时候？

答：到后来，身体不是很好，想要去走山内，我就跟他一起去。以前是你姐担到半路，就回来。就给你二姨说。二姨说我：某人，女儿那

母亲与二姨妈在广州（1994年10月）

么大了，不能让她经常跟着她丈担到半路再回来，山头岭尾，一个人回来不安全。二姨就这样说我。在那以后就没有叫她去，就由我跟你丈去。一路都是山，山丘小岭的，没有大路。

问：是不是在下寨那里过去？

答：嗯，过南淳，在那里进去一路就都是山了，一去就没有人家，没有住人的。就要去到食饭溪，去到坪石，要走那么远才有人家，要不然一路没有人家，都是高山，下去就是大深坑。

问：有没有蛇跟虎？会不会被吓到？

答：有，白天就比较没有，山里的虎就要是在晚上。

问：虎应该没有吧。

答：这个基本没有。以前听他们说走凤凰，去到径脚埔那里看到老虎在扑青蛙，老虎比较少看到的，你丈跟我说，有一次，月亮很亮，出门没有遇到过的，去棚坑仔买橡。去伊买的那个人说，明天早上要拦。

问：买了要干什么？

答：买了要去浮山卖，棚坑仔在哪里我也不知道，在食饭溪那里进去吧。担橡就说明天要拦，你明早早早就要走。你丈明天早上鸡一叫，煮点给他吃完就走，鸡还没啼半夜他就走，担到那个大赤岭，月亮很光。在要上去的那条岭，很陡，担到那里去的时候，一直走到那个大深坑那里进去，走进去几次。后来赌气，就在那里睡觉。睡到听到棚坑仔那里鸡啼，才起来。起来后头发梳理一下，上衣就脱下来拍拍身上。望上去那条路大大条，光光的，就直接担回家。回来家里已经快要十点，走了一个晚上。

问：就是说晚上太暗。

答：只有遇到那一次，其他的都没有什么事。去浮山每天都要凌晨三点多就出门，以前就在乌洋楼底那里去，大塘尾那里去，东山那里去。下去那个十脚亭，下到那个内曹，后来那条路不能走。去也要从乌洋去，从马安坪那里去，过下径，去到倒头庄，再到浮山。

问：他自己去还是有多人一起去？

答：走浮山一直是自己一个人的，双定没去就自己去。以前你伯有去就两兄弟，没有的话就是一个人。到后来就一直是自己一个人。

问：你从来就没有帮他照一张相？

答：以前可能是你在读小学的时候，阿尧去我们那里住，当时就说要来照全家相。阿尧没有来到的时候，等了很久。他就要去田，叫我跟你们孩子一起照就好了，我就不要。然后就你们五个小孩子一起照相。他要去耕田就没有时间照，就没有照了。

问：后期也没有照一张相?

答：没有照一张。以前照相都很少。现在都很少去照，就是出来外面才照的比较多，在里面也是没有去照相的。

6

父亲的童年伙伴张志勇（1966年10月）

问：阿丈小的时候是怎么样的?

答：你丈小的时候，我都不认识他，讲什么。

问：阿丈当时读了几年书，什么时候没去读书的?

答：这些都讲过了，还有什么好讲的啊。

问：阿公过世的时候阿丈多少岁？说是六岁还是四岁?

答：不知道，没有问他。一年他都没有多少时间在家里。你丈经常不在家里的。

问：他原来是不是有一次要去当兵？当时跟志勇伯

一起去验兵。

答：不知道，他都没有怎么说。没有跟他去验兵吧，我不知道。

问：听说有一次验兵，后来没有去。

答：以前知道的都全部讲了，现在都没有什么可讲的了。

问：有一些你再回忆一下。

答：都没什么好讲的了，还叫我讲什么。

问：锯柴最早的时候在哪里锯？

答：不知道最早去哪里锯。最早的时候哪里都去的。大质山哪里都去。

问：印象最深的是哪一次？

答：去青山。青山在刺竹坑那里，就是他们锯柴的那一帮人，下坝

与父亲一起锯柴的堂叔张步俊（2022年4月5日）

就只有那一帮人，到后来越来越多岁，就补充一些年纪比较少的。像阿步俊那些就是比较晚才去的。

问：步俊叔后来也跟他们去？

答：步俊后来也是有去锯柴，最先就跟阿永平、锋叔公，这三个人，到后来就加愈成、坤如，到更后面就是步俊，就这些人。街路（即三饶镇）在卖药的那一个，忘记叫什么名字了。以前就是担货去给他们锯柴的人吃。上次是阿琴带我去拿药的时候，他就在问你们是哪里人。我们就说是下坝人。他就问你们下坝知道某人吗？

问：在卖药的那个人多大？

答：当时担东西去给你丈吃的。现在也是七八十岁了。

问：是不是他本人担？

答：嗯，他说是以前帮他们担的，他跟阿琴那样说。他说他以前就帮他们担货去那里吃。

问：去哪个地方？

答：他们去哪里，他就担去哪里。每次都由他负责的。他们去哪里锯柴他就帮他们担货去。以前三饶综合那里可能到处去收的，当时哪里需要柴，就要去那里买的，这个综合益群就去买。

问：益群是一个店名还是人名？

答：益群是他的店名。阿琴说很奇怪，那个人认识阿丈。他问认不认识某人，琴说是我丈。他说你是他的女儿啊。他就说以前经常帮他们那帮人担货的。担米盐油什么的，现在就在看店铺。

问：现在还是叫益群？

答：嗯，他的店名还是叫益群。他锯柴四乡六里都去，哪里都去。在那个大赤岭住得最久，住有接近一个月。

问：大赤岭是在哪个地方？

答：大赤岭就在现在的老西輋那里。在那里进去就叫作大赤岭。

问：那条岭是不是看得到，那条岭赤赤的？

答：不是，是那个名字叫大赤岭，那一条岭有五六公里路，全部是岭。

问：那条岭有五六公里路？

答：嗯，那五六公里路都是岭的。

问：老西輋是不是属于新塘的？

答：不是，老西輋属于三饶的。

问：是不是在南陂那里进去？

答：嗯。在南陂那里进去。那里有乡村，现在就没人在那里住了，二妗婆的儿子顺孝，他的母亲跟她姑就是对换的。顺孝的母亲就是老西輋人的女儿。姑就换去老西輋。顺孝的母亲就换来南淳，这个是对换的。都是为了兄弟，为了父母。换去南淳跟换去老西輋你看差别要有多少。老西輋才几家，在山里面。二妗婆说老西輋是住在山里而已，人不山。家里的家具来用也不差，基本的都有。说是可以那样说。

问：现在那个姑怎么样？人意见如何？

答：她的父母要换，就是不错的样子。才有去换，她要是不肯就不去换。

问：去换主要是谁提出来的？

答：不知道。那个时间娶不到老婆，用换的有很多人。有一些三换，有一些对换。她们那是对换的。三换就是换三家，三换就是这家换那家，那家换他家，他家换这家。对换就是姑嫂对换。以前经常这样换，要不然娶不到老婆。就说那个阿丈，长得蛮好看。就说人生得是不错，但是那个乡村就是有点山。现在出来三饶建房子了。

问：他去担板做什么？

答：不知道他是担回来用还是帮别人担的。人生得是不错，但是那个村就太山了。老西畚没有两家人。

问：就在老西畚那里锯柴？

答：去大赤岭锯柴。

问：你当时主要是去做什么？

答：我去担那些柴碎回来烧，很远的。别人去捡柴都要去那里捡。别人去担柴都要去到那里。我们下坝没有山，全部要去大赤岭那些地方。

问：我们村里斩柴也要去到那里？

答：嗯，别人斩柴都是要去到那里的。我就没有去。那个深坑那些担草，我全部有去。以前要有柴烧火，哪里都去。

问：当时你跟谁去？还是自己去？

成立于明成化十三年（1477年），至今已有500多年历史的饶平县原县城三饶镇

答：多人一起去，锯柴那些人。锯柴那些家属都很多，你要去就去，不去就不去。担那些筐去担，就劈的那些比较大块的，头头尾尾就放在晒干，晒干后我们去那边捡回家。到了哪里就在哪里煮午饭，吃完再担回来，就不用去别的地方捡柴。

问：一天担多少次？

答：一天担一次，早上去，中午吃完就担回来，不好太晚。我当时还去过林场担火炭回来过年。一头帮你丈担一件大衣，一头担个袋子。担到下寨，太阳刚刚下山。

问：是不是你自己回去？

答：不是，自己怎么会认识路，跟阿乌建。就说等你丈过几天回来，他自己再担，我担不到家里去。去的时候，去到了五六公里路的时候天才亮，别人才起床。回来的时候，就是去到哪里就安排吃的，吃完就回来。回到下寨的时候，太阳刚刚下山。你自己想一下有多远。

问：那是，你用走的肯定是很远的。但是，现在开车过去就不用很久。

答：那里哪里可以走车啊。那些路基本都是山路，去的时候就一直是上岭，走到那里去一路都是岭，山上都是大松柏，掉落的树叶很厚很厚。基本上都是大树。

问：就是跟阿乌建叔两人去？

答：就是跟他一起去，一起回来的。走到那里就担一件大衣跟一个袋子回来。

问：本来是说过年去那里担火炭的吗？

答：本来就是要去那里担火炭的。

问：那个时候，阿姐出生了没有？

答：当时出生了,已经很大了。当时去那里锯柴,你都出生了。你丈就说我不会担一担火炭回家的,就让我担一件大衣,跟一个小袋子。回到家里的时候,那个脚已经很麻了。去的时候一路都是山岭。

问：当时是不是锯柴烧火炭?

答：不是。是其他人在烧火炭,要火炭就去那些烧火炭的人那里买。就想去那里买一担回来,过年的时候可以用。去那些捡了一头木碎,还想担一头火炭。你丈就说这样我担不回去,让我把那头木碎分成一担,再带一件大衣,跟一个小袋子。就叫我担回来。说木炭等他过几天回来的时候再担回来。

问：那件衣服很大?

答：就是那件军大衣。

问：最远去到哪里?

答：那里就最远。叫剪刀丁。

问：是不是属于三饶的?

答：山是属于大埔的,很远。当时坤如也有去。当时锯柴跟多个乡村,人很多。石八人最多,接下来就是下坝。

问：以前锯柴是不是阿丈每年都要去锯几个月?

答：去几个月就要看你买几个月的工,以前去锯柴不是你想去就能去的,要跟生产队买工。

问：一年要买多少个工?

答：去锯柴没办法去整年的,就只有这个冬月的时候,下半年在六月收冬的时候,那些稻谷跟番薯全部种好。七八月女人都要去山割草。男人就没有什么事。那个时候你丈就去找钱挣,说在家里是待不住的。就去跟生产队头领说一个工要买多少钱?一个月去锯柴,一个月买

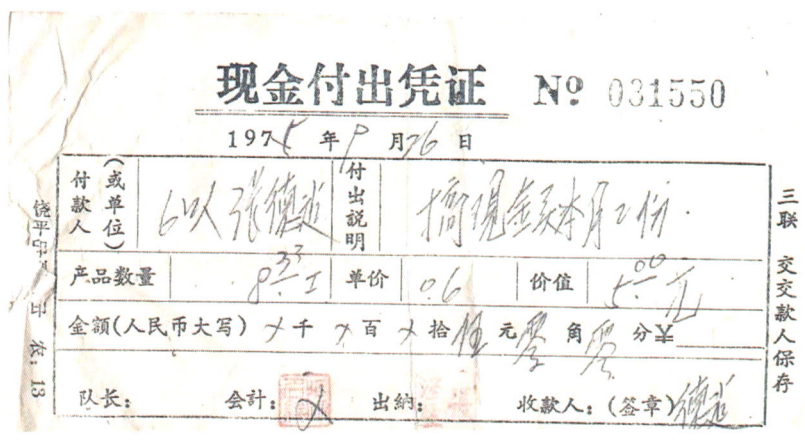

父亲用现金向生产队买工（1975年9月26日）

有多少个工，就跟头领讲，头领给你去，你才能去。去问阿娘镇，娘镇说我们不用去锯柴。他不肯就没有办法。一个工要买多少钱，没有给你白白去锯柴的。问了他肯你才有的去，要不然你就没办法去。他不肯就一直去缠他，缠到他给你去为止，给你去要买多少个工。一个月算30个工，要买多少钱。以前挣的都很少，又要买工，工价就低，那些米什么的又贵。去锯柴，今天早上天刚亮，吃那两碗饭就要锯到今天中午十二点，一人才吃八两米，没有让你多吃的米。那个综合社一人一天给你八两米。

问：是不是综合社买那些板？

答：就卖给他们，就是帮他们锯工钱的，还给他综合卖，你去帮他们打工的。你一天锯多少柴，也是要用尺来量的，就是用尺去量柴的宽度。你一天锯了多少尺，一尺多少钱这样算的。挣一些工钱。就跟现在到处打工一样。锋叔公到处去收，大家都是兄弟叔孙，就没有挣那么多钱。多人就说这件工作做好了，有挣就分多一点给他。那些锯柴的工具全部是他的。这次工作做好了，那些工具损失了多少就要补钱还给他。他就冬头去收，工人就去帮他做工一样。你自己都没有办法到处去找的，他这样也就相当于一个东家，这些货要卖到哪里去。每年就是这个时候，田里的工作比较少，大家比较闲，要不然哪里有，你自己都不会去找的。

问：原来就是等于包工头的事？

答：嗯，锋叔公就是包工头。他就去挣综合的钱，你丈他们就去挣他的工钱。

问：所以综合那个益群才担东西进去。

答：嗯，一天那么多人在工作，要吃很多东西，就是这样子的。也不是说全下坝想出门就有的，大家要合得来才让你去的。要不然整个下坝在闲的人很多，很多人都没得去。就是说大家合得比较来，去那个大赤岭锯柴，那个石八一班，下坝一班，还有不知道哪里一班，三四班柴，三四种货，锯来锯去，都是下坝那班人最厉害，天天都比别人多。调来调去都是你丈他们那班人锯得最多。以前跟坤如、永平，比较强壮，说锯要竖起来，下柴才快，就是直锯要出力，但是速度快。一天两人要喝两桶水。别人就说不知道怎么回事，下坝那班人每天都比他们锯得多。别人就要来换地方，换工具，换来换去还是下坝的那班人锯得比较多。别人以为是怎么作弊的，就过来看。

问：是不是综合管理的那些人？

答：不是，是那些一起在锯柴的那些人。别人要是锯得多，他们锯得少，就有人会说他们。你锯得比较多，工钱就比较多，你锯得少，工钱自然就比较少。大家都是一样在锯柴，不明白为什么他们总是比较多，大家就一起过来看。

问：当时有石八，下坝，还有哪些人？

答：石八，后头湖，下寨，到处都有，有几个乡村。锯来锯去，都是下坝那班人锯得比较多，后来就过来看为什么会锯得那么多。那些工头就一起来看，看看为什么会比其他人锯得多。你丈他们锯柴都出了一身大汗，就是因为大家的锯的方法不一样。所以他们锯得比较慢，现在大家知道为什么下坝的人锯得为什么会比较多了。

问：一个技术好，一个体力好，所以锯得比较多，比较快。

答：以前一开始在工作，跟哪一个乡村比都不怕的。

问：这些就是在大赤岭的？

答：嗯，当时是在大赤岭的事情。在大赤岭跟上伦墩，他说在上伦墩那一场工作也是很多人。当时是你这班人，今晚锯多少柴，今晚就要交工钱，就要来量，量好就要记数。你这班人今天做了多少工作，要记数。他这班人今天做了多少，也要记数。还要评分，你做多少，他做多少，总共做了多少。将来要评工钱，你一天做多少，他一天做多少，那个工钱是不一样的。要不然你很悠闲，别人出了一身大汗，这些就是要这样做的。

问：上伦墩在哪个地方？

答：上伦墩就是快要到桃源那里了，那个半路上。

问：犁园是不是大埔的桃源？

答：不知道，我不认识字，什么都不懂。当时经常去那里锯柴，在哪里住，哪里睡。那个阿婆有来，那个儿子也有来。当时阿君，你丈一直说要去给上伦墩，要送给阿客婆。我自己不肯。我说你自己没吃，你要去哪里就去哪里，你要拿我的孩子去给别人那是没有的事。你丈就一直要拿阿君去给别人。

作者重访父亲"走山内"经过的地方（2012年4月3日）

问：当时阿君多少岁？

答：阿君当时几岁了，大概四五岁吧。要不然就说要去给九坑，婵来她姐。要不就说要去给上伦墩阿客婆，我不肯。要不然就被他给别人了。我说要是给了，以后一直要被别人骂。客婆来了以后就说，三嫂去我们那里做客。去我们那里斩薪，你不知道我们那里的薪有多少，有多么方便，门口薪就长得很高。后来帮你丈担东西去桃源卖，在那里经过。说这里就是上伦墩，阿客婆家就在这里的附近。我说那是，怪不得叫我来，说他们这里斩薪很方便，出门就有了。我说真的是出门就有，在大深坑里面。你说要把自己的女儿给到这里来。你自己看给他们到这里来如何？我自己没来过，我自己不肯。你经常来，还想要把自己的女儿给到这里来。

问：你当时为什么去那里？

答：我当时跟你丈一起担货去桃源，要经过他们这里。就是要去卖东西了，他就说这里就是上伦墩，阿客婆他们家就在这个山里面。

问：当时是不是因为阿丈在那里锯柴？

答：嗯，当时在那里锯柴，在他们那里吃住。他们那里也算是一个乡村。乡村虽小，五脏俱全。也有一个头领。她的儿子就在做头领。那些锯柴的人就住在他们家。大家比较熟，他的母亲就来我们家做客。

7

问：我们家里建房子是怎么回事？

答：以前，谁想要建房子的就去村里报名。后来就抽签，当时我们那个生产队比较好，每户都报名要建了，我就在等你丈，当时你丈在上伦墩做柴。别人稻谷收拾好、土地插好了，他还没有回家。我等了很生气。他去了一整年都不想回来。村里从上面插到下面来，已报了二十几间房子。

问：土地分好了吗？

答：屑地插好了，还没开标。别人说你今年有办法建房子就给你建。

问：当时是不是拿了一块土地？

答：还没有分，还没有说是哪一间。没说谁要，谁不要。你丈就说你要建房子？我说你不要？我在你这间房子住了十几年，已经快受不了。我一定要来建一间房子。你丈就说要建就来建。那天晚上，头领就问今年要建房子的有多少人？来报名，报到没有就没有。那边八间已经建了，就报我们跟界如。

问：报了多少家？

答：就两家，头领限了条件，要十二月底的时候弄好。如果没有，那个房子就要充公家。当时说的时候，应该是十一月了还是十月。当时稻谷已经收割好了，插好别人就动工了，我们等到有些人快要建好了，才说给我们建。当时才去做砖什么的，土地分给我们才能在那里做砖。

问：是不是别人拿到了土地，我们才去拿？

答：那八间先建的，已经是说好了，给他们的。当时静静的没有去建房子，你丈回来的时候，被我说了。才说也要建房子。要建房子就去找头领，去找的时候，界如也去找。就说别人要建的时候，你们怎么不建？为什么要等到现在。意思就说我们是在选，选比较好的位置才说要建房子。我们就说，我们没有选，在哪里建都好。谈了好久，就说要建房子的今晚就来抽签，抽到了就建，抽不到就没有建。今年要建房子的有多少人，还剩下的就拿去抽签。整个后操场一起抽签。

问：当时就才两户？

答：他们先建好，我们就接下去建。像乌记那些慢建我们几年。

问：是不是我们房子建好了，她们还慢我们好几年？

答：嗯，她们慢建我们好几年，我们先建好的。在那里接下去就做砖，今晚分好厝地，明天就到上伦墩买栋梁。就去跟阿鹏国说要来建一间房子。他说你早不说，现在才说要来买橡桷，要的话就这里还有一些湿的橡桷，要就拿回去。过几天就有人要拦了，不让别人建房子。你要是有办法就现在来斩，斩完拿回去。没办法你就不能斩，有人要拦。

问：时间那么紧？

答：就说你要是有办法，斩好就拿回去。你就可以来斩。要不然你就不能斩，有人要拦。早早怎么不来斩，土地刚刚才规划好。就说我今天来斩，今晚连夜回去。明天就叫人来做。连夜回家，就叫那些比较好的人来帮忙。当时一人就拿一条，比较湿，很重。比较强壮的就拿比较大条的。那些树拿回来就去掉皮，让它晒干。到后来建房子的时候已经干了。就放在厝地那里。那些树去掉皮，不用多久就干了。

问：那些梁一根多少钱？

答：大家都比较熟，那个价格就不算很高。我们自己去选就拿好的梁，选大条的，去市面上买的很小的，那一围房子，那个师傅说了，就我们那间还有玉春两间的梁柱最好。

问：是不是过年的时候就建好了？

答：说好要十二月三十晚上弄好就是你的，弄不好就充公。如果说三十那天还没有排梁、钉角，就要没收。建到三十那天就弄好了。

问：是不是十一月份的时候才建的？

答：嗯，当时都是十一月的时候，时间很短。

问：那些板什么的会不会干了？

答：当时拿回来就马上去弄，经常去翻它，到要用的时候已经干了，以前你丈在做工作的时候都比较快的。

问：当时那间房子建了多少钱？

答：不知道。就把一些粮食拿去卖了，一点一点建起来的。

问：请了什么人来帮忙建房子？

答：请那些师傅来建房子的都比较省，有饭可以吃，跟有菜就可以了。

问：那些来帮忙的人没有工钱的吗？

答：没有工钱的，叫那些来帮忙的人都是比较熟的，买了一些东西送给他们，当时我们家里有养鸭，就拿一些去给他们。

问：当时那些师傅主要有谁？

答：永平、锋叔公。

问：然后那些石头你怎么来的？

答：那些石头都是自己去溪担，二月的时候就生阿君，当时上一年十一二月建房子，那些石头都是我担的，我还到石古兰去担大石，你丈那些梁角去担回来，我去到棋盘那里等他。那边就是凤凰，这边就是饶平，我经常去到那里等你丈。他从山里担出来，我去那里等他。然后他给我担，他再去山里担。

问：你去担那些桷？

答：嗯。就是那些桷跟梁，那两条梯杆在南淳进去里面担回来的，在他们那里买的，买后就在那里晒。后来去拿的时候，一人拿一根。

问：你们一人拿一根？

答：嗯，当时一人担一条回来。

问：那不是很重？

答：嗯，是很重，以前的时候你丈那一担我都能担得动。

问：那间房子建了几个月？

答：那些石，有心想要建房子，去田干活的时候，畚箕就带过去，就把后面那些大的石头就拆下来搬回家。或者在溪里面选一些拿回去。

母亲和老邻居（2022年4月4日）

问：那些石头应该不少吧？

答：那些石头很多，后面那一面墙，建好以后还剩下不少，去田就担一些石头回来。

问：现在的房子怎么样？

答：房子现在可以，那个墙角有重新镶过，现在的房子还很好。

中师日记

(1982年7月至1983年4月)

作者最早的日记本(1982年7月15日),至今已记录了近60本

1982年7月27日　星期二

我正专注地看《福尔摩斯探案集》，但屋外的噪音却也时不时地钻进我的耳朵里。随着一阵自行车与地板的咔咔的碰击声后，自行车就停下来了，根据声音可以判断是停在我家的屋外。门已开了，这时才七点多钟，我想是伟钦来找我了，事实证明我听到一阵缓慢而沉重的脚步声。我想和他开个玩笑，趁他在爬梯不经意的当儿，我"呼噜""呼噜"地装起睡来，他来到我的跟前，骤然停止。我忍不住笑了，睁开眼一看，我惊讶了，原来站在我面前的不是我判断时所想象的面孔，而是我的表弟，于是我一骨碌爬起来了。瞧他不高兴的面孔，我以为刚才他来时我没有下去迎接他而使他不愉快，于是忙着要去给他倒水。他

一生勤劳而节俭的外祖母林泊捞（1977年2月）

摆摆手，说："不要了，细姑呢？阿嬷跌倒了，不会说话，正要拉去医院。"我一听就慌了神，拉了他就走，说："咱们先走吧！细姑她会来的。"到岔路口，拖拉机刚好也出来了。我一眼便看见舅舅扶着的奶奶，铁青着脸，已经不省人事，双手下垂着，舅舅显然很着急，一会儿摸她的手脚，一会儿按她的鼻子，不断地催促表哥把拖拉机开快一点，看这样子便可知外祖母的病是很严重的了，我的心又是一紧，便把车蹬得更快一点，跟在拖拉机的后面。

7月28日　星期三

今天心情很不好。外祖母的病情并没有好转，这使大家都惶惶不安，女的有的干脆放开嗓门哭起来。

9月1日　星期三

在候车室里

隆隆的机动车频频地在沥青路上飞快地驶去，真是使人心烦，又是一辆呼啸着擦身而过，这一惊可不小，我本能地躲到了路边。

本来就不大清醒的神志，行走在这乌烟瘴气的公路上，加上那嘈杂不休的机车声，被熏得真有点头晕目眩了。我昏昏然地来到了车站，一看到这场面，我的心情又沉重了一层，像一块块的铅直往下

作者记录父亲在黄冈车站候车室等待回家的日记

坠:父亲在严重地发喘着,肚皮一起一伏,有时幅度很大,有时气喘虽不那么大,频率却是大得很,那痛苦的神情一定是难挨到了极点!我的心里又是一酸,泪水差点要跌下来,他那蜡黄的面孔、少血的双颜、老长的头发,使我简直不敢认那是我生身的父亲,抚育我长大成人的父亲!我的心难过极了,来校的几天前,他的病情已有了好转,吃较平时也多了,精神也较充沛,我有点高兴了,临走时,我还欣慰地笑了。谁能料到,几天后,病情突然加重了,鼻子还出血,脸色苍白,不能行走,要输血,一次就得输300cc,医生说最好到人民医院来检查一次。检查告知是由食物引起酸中毒,因蛔虫引起严重贫血,化验完毕了,要回家了,躺在候车椅上,那凄苦的神情,怎不使人难过,使人痛哭流涕呢?他就要回去了,看看他那佝偻的身影,我不禁流出了眼泪,但心里却暗暗祈祷,愿您早日恢复健康,我亲爱的慈父。

9月2日　星期四

农历七月十五　倍思亲

今天又是一年一度的七月十五,在学校里过节,多么寂寞,多么单调!往年,在家里,在父母膝下,多么热闹,多么快乐。相衡之下,心里更觉难过,思乡之情倍增。特别地挂念着父亲的身体的健康。昨天,父亲才来医院检查身体,追忆着他那苍白的面孔,真使人黯然神伤。他负着家庭的负担,但因自己生病,不能料理,加上他那本来气量不大的胸怀，怎么能使他受得住呢？作为他的儿子，又无法助他一臂之力，不能替他分忧，怎不使人难过呢？入夜了，月光异常皎洁，微风吹拂，仰望着遥远的故乡，多少的惆怅，多少的忧虑，化成那长长的叹息，无声的眼泪，啊！我的父亲，要是您身体很健康，您的儿子也许此时还不觉得

同班同学合影。前排左起：黄友华、杜式恭；后排左起：黄语琪、张培忠、林志忠（1984年5月）

那样忧伤，思乡那样急切！母亲，啊！母亲，只有您才能给我一缕安慰。值此佳节，我衷心祝愿您——我的亲爱的父亲早日恢复健康，只有您，给我前进的力量，我衷心祝愿您——我亲爱的母亲心情愉快。只有您，使我感觉到母爱的温暖！

11月22日 星期一

一节劳动课

今天下午第一节是劳动课,据说是要平整新楼前面的那块地方,因为刚建好,杂土碎瓦堆满门前,比走廊还要高出两三寸。说到平整,人们就自然而然地想起了要挑担,于是到工具房领工具的时候,

作者在饶平师范学校正门(1981年12月)

都争先恐后希望拿到一把锄头，毕竟人多，锄头少，不能每个人都如愿以偿地得到，对于挑担或掘土，我都是无所谓的，因为我从小就在农村长大。

在我们这样的学校里，挑担这样的劳动是很少的，更多也是两个人扛，所以做起来就觉有点别扭。有的挑得很少，两捧泥土蜷缩在粪箕底上。要做面粉的话，可能不够他们吃，女的更甚，两个人扛得还不如一个人多，来到工地上还吵吵嚷，说这是石子才重啦，然后报以一笑。有的明明家庭是地地道道的种田出身，但却要说，"有两三年，粪箕没有上肩头啦"，借此炫耀自己在家里是何等闲适，唉，何必呢？有的甚至对于那些不想装腔作势，原原本本按照原来在家里那种劳动姿态来进行，他们居然投去鄙视的目光，唉，那又何必呢？有的却好出风头，好像W，故意叫那些装泥土的把粪箕装得满，而且压了又压，重得叫人发喘，他却挑起来小跑着走，脑袋晃来晃去，生怕人家看不到他那一担是满满的，当然后面这种情况还是好的，老师还特地表扬，因为劳动强度毕竟比前者大得多。老师为了更清楚地懂得学生们挑的究竟有多重，还亲自挑了几回体验体验，结局得出的结论是并不重，由于老师带头了，于是那些怕累的也就不得不挑多些了。

11月23日　星期二

中午饭一吃下，脑袋便觉得昏昏然，我于是又挺在自己的那张简易的"沙发"上——折叠后堆在墙角里的棉被，两支支铺柱围在两边，倒也真的像一副沙发了。

不躺下则可,一躺下就腾云驾雾起来,心想还要看一点报纸,可是眼皮就是怎样睁也睁不开了,我于是模模糊糊地睡着了,神思一下子飞回了家乡,一进村头,迎面走来了父亲,他挑着犁,说要去犁麦田,"让我去吧",我说着便要去接父亲肩头上的犁,"还是先回家去吧!"父亲推了我一把,冷不防,我一个踉跄,差点跌倒,急想站正,左脚一蹬,"噗"的一声,我的脚重重地打在铺板上。我不由一惊,急忙睁开眼睛,哪里有父亲,原来是在学校的宿舍,我懒洋洋地爬起来,叹了口气,对着窗外无精打采的苦楝树发呆,是啊!要是父亲还在,父亲一定会去犁田的,可是,这个想法现在只能永远地保留在记忆的坟墓里了,那是多么遥远的事啊!在几个月前,父亲去犁田是个无可非议的

同届同学2000年2月25日小聚。前排左起:李颖、张培忠、林东震、黄哲纯;二排左起:卢淳、张品健、张少东、杜伟强

事实，几个月后的今天，他却永远地长眠于九泉了，家里剩下母亲回来操持全家，样样分心，夜来孤灯独对，以泪洗面，父亲何能安息？这是多么无奈的事情啊。癌，这个死神的天使，把父亲那不算老的躯体召到了极乐世界，这能怨谁呢？能怨他吗？不，不能的，这只能怨现代的医学落后，夺去了我的家庭快乐的天神，使我们痛苦，失去精神支柱的一部分，但是，我想，我们要做生活的强者，痛苦呀，你并不是一件坏事，死亡使生命更可贵，挫折使成功更完美。我们要努力做好，不让那些幸灾乐祸者有快乐的余地，总有一天，我们会说，安息吧！父亲，我们坚强地站起来了。经历了痛苦之后使我们更清楚地看到，幸福之神并没有均匀地施舍给每一个人，但它使经历了痛苦的人更加坚强。

11月24日　星期三

"身在福中不知福，你们没有遭受到上学受阻碍的苦楚，老师布置一些作业，你们就嚷太苦了，你们看民师班的"，语文老师说："他们民师班的，有的四十多岁了，作业还做得那么认真，他们遭到了就业问题的曲折，现在有机会读民师，他们是怎样的珍惜时间，感到满足，老师一讲完，就争着提出问题要求解决，而你们呢，不但作业不做好，还和老师讨价还价，更可叹的是，还嫌师范无用，站在这山看那山高，心想有大学上更好，对于学业无心学，我说呀，青年人，不要异想天开了，这种想法是一种色彩斑斓的肥皂泡，肥皂泡破，到头来往往是一事无成的。"王老师说完，便引起了哄堂大笑，"看课文了"，随着这一声，笑声戛然而止。但我却无心看课文，久久地回味着老师刚才的那番

饶平师范1984届（3）班毕业留影。前排左八为校长余灿然、左七为副校长翁泰川、右一为"文选与写作"老师王卿文、左二为政治老师余德俊，第二排右三为班主任黄培钦老师，后排右五为本书作者

话。是啊！昔日光阴闲度，以致考试成绩明显下降，现在如不潜心学习，将来做一个名副其实的人民教师是不能胜任的。

12月1日　星期三

今天很早就起床，心情颇为兴奋，尽管这兴奋之中不包含着多大的高兴，乔迁之期是值得庆贺的，这是老思想的观点了。

起床之后，洗脸刷牙完毕，就忙着收拾东西。大家也有着同样的心情与行动，几分钟光景，原来井井有条的、整洁的一个宿舍，现在变得乱哄哄的、一塌糊涂、乌烟瘴气。良久，才算搬妥。

课间操，诸多同学都来观新宿舍，每间要住12人，颇挤，入里边的要侧身才能进去，真难矣。同学意见纷纷，反应强烈，几个活跃分子还反映到校长那里去，校长来看了，确实如此，便答应研究研究。同学们都懂得这是空洞的，要等研究，还不知要等到什么时间。向班主任反映到学校亦如是说，几个同学说得较激动，被老师叱喝，并叫大家按时搬迁，同学们只得垂头丧气地忙开了。

既然搬来了，也只得权且安心下来。置个书架，按照号数，我和同桌海文的床铺就要算最好了，而我是在顶铺，因而也是全室最上等的位置，可算得天独厚。

朝令夕改，变幻莫测。下午第三节，班主任忽然来宣布，每室只减存10个人，原来摆好的位置全部搬动了，退出一只铺，另行编排，而退出的恰好是我们的铺，真是扫兴呀，

作者与师兄黄岳超（右一）、同届同学林友生（右二）在学校新教学楼前合影（1982年11月）

中午几个小时的工夫全部付之东流,"真是天有不测风云",而来到的新宿舍却是我所不愿意的。唉,无奈何也。又要来适应一个新环境了。

12月2日　星期四

　　清晨风甚清冽,也是起得早的缘故,才能感觉到这股清风。脸刚洗毕,老师便来叫我们去为女同学搬铺了。起初都磨磨蹭蹭的,这一会儿,竟争先恐后起来。

　　我以为女的宿舍一定比男同学的宿舍整洁得多,因为女人多如此,好打扮、爱整洁,一进宿舍,那样相也与男的不分彼此。七时许,全部搬上了三楼。

　　下午上体育课,因是测验,人皆有戒心,皆言胆怯,这很快便在测验中得到了证明。好几个同学因过度紧张而把口令发得结结巴巴,不利索。要轮到我了,此时心情也真是紧张。到了,我的脸很红,心跳得厉害,越抑制越这样,直到发声"立正"尚不含糊,心始稍定;测验完毕,却出乎意料,竟得了优秀,自是快乐无比,颇有些飘飘然,须知得优秀的并不多,超不出五个,真有点悠然自得的本钱了。

12月3日　星期五

　　下午打球,穿鞋甚碍,唯有脱掉较之灵便。下课了,回宿舍,脚甚脏,室内皆无水,邻室亦如是,恰炎辉提桶来,就滔了两口壶,炎辉说不能再来滔了，余也够矣。便打趣说："我也不要了。"恰巧班里的A君亦要滔，我便说："我不像A君。"炎辉说："你也是同样的啊。"吓，好小子，你怎么诬赖人。余怎能与此辈同道耳，真够荒唐，真是笑谈。炎辉亦悔过，无复怪他。

傍晚，出校外散步。遇到炳俊，一起漫步在田间的羊肠小径上，此时也是冬收过后，田野只剩白苍苍的稻稿头，间或有一块块的绿色番薯点缀其间，弥补了这个缺陷，才不至于那么荒凉。轻风拂面，颇觉清爽，甚为快慰。极目黄冈城，楼房一栋栋从窗口里映射出来的各色灯光，蔚为奇观。

差不多上课了，只得回校，拿书即到教室自修。

12月4日　星期六

今日是星期六，下午照例是玩的。

晚饭后，偕炳俊到二中，目的是为了看电影。来时尚早，电影还没放映，便到炳俊原来的同学处坐，在宿舍的走廊上，遇到了他的一个同学，他很高兴，忙打招呼，并领我们到宿舍倒水、让坐，甚是殷勤，让毕，并叫我们且少坐，他去教室叫另一个同学。这里的同学都是客家人，另一个同学也是，见到炳俊，甚是热情，还握手呢。

先到的这个同学还戴着眼镜，看样子刚才也是在学习，现在的中学生真够忙的，特别是应考生，更是紧张，他们的谈话当然是"三句不离本行"，讲的是学习的情况。我呢？没有共同语言，只能搁到一边，时时赔笑而已，但他们都很礼貌，时不时也来光顾我，问些琐事，才不致被冷落在一边。炳俊决心很大，明年还想再考，因此很关心二中的教

作者在师范读书时给已到饶平第五中学任教的师兄兼诗友林孟伟的信（1983年10月24日）

学情况，也与这几个同学交流了经验，还提到将来要考的课程问题，彼此都很谦逊，充满着互相促进的感情。临走戴眼镜的同学还借一份关于十二大的讲义给炳俊。

电影差不多要放映了，我们也就告辞了，诸同学都很热情，并邀下次再来座谈，相互交流，我们也边应酬边走。炳俊认为，此行收获不小，心情颇舒畅，由是我们便来看电影了。

12月5日　星期日

今天是星期天，所以早上睡了个大懒觉，差不多到早餐的时间才起来。

早上吃饱已经差不多八点了，写了几张纸的毛笔字，到教室弹了一下琴，整个上午就这样过去。

中午，二班的两个会弹琴者——品健、壮荣要给四班修理风琴，恰我们班的那个也有两个音未响，也想顺便叫他们修理一下。其实我并非班里的文娱委员，只是因为班里的风琴经常是我在弹，修理好来弹也是较舒适。

四班的风琴真是坏得"体无完肤"了，脚一踏下去，不去按琴键已然是"十键齐鸣"了，乍一看去，真让人扫兴。但只需二十多分钟，就被他们修理好了，手脚确实灵活。

四班的修理好了，我满以为现在可以给我们班的修理了，因为我曾多次对他们说过，他们也答应过。谁知他们却径直上楼去，叫他们只含含糊糊地讲几句不知什么搪塞过去，我只好跟他们到二楼去了，等他们慢条斯理地装装拆拆,真是不耐烦,摸一摸琴键上的那个不知叫什么的,也受呵斥,真是窝囊,最后几乎是向他们求情,才答应帮助修理,唉,真是"求人如吞三寸剑"。

12月6日 星期一

早上一起来,就听到门外呼呼的风声,听声音便知是十分凛冽,寒冷的一天便开始了。

洗漱完毕,便忙着继续读着往日所读剩的古诗,这已经形成了一种嗜好,每个早晨没读上一两首,就好像什么事没有做的那样,心老是悬着。

下午是劳动课。任务是整理新楼前一些低洼、积水的坑,我拿锄头,掘没几下,就坏了,真晦气。然,拿着锄头也算幸运,要不然就要挑了。这也不过是人们的心理形成动力定型罢了,因为前几次的劳动都是挑的,且任

作者在饶平师范宿舍读书(1983年10月)

务很重，而这次却主要是用锄头的，土地很坚硬，做起来颇吃力，便也觉热乎乎的，这是因为使较大的体力的缘故。几十分钟之后，就把楼面前铺得平平实实的，效果是算好的。这其中也有个缘故，因为校长也亲自来扛土，团支书也动手了，所以做学生的还不积极干吗？

12月7日　星期二

早上起床刚穿好衣服，早操的时间便到了，很是仓促。做操毕。才来梳漱洗涮。

第四节，上体育。

12月8日　星期三

今天第四节的政治课，老师下课比往时都准时。老师说"下课"还没完，我已经奔出门，大步流星来到宿舍，动作迅速地拿完餐票，就往餐厅冲，满以为这回会很快领到饭，谁料这里的队伍已经相当可观了。我站的那儿已经有阻塞交通的嫌疑了，但按这开头的秩序，过不了十多分钟，也是可以轮到的。不期这时的人像涨潮般地涌进了膳厅，左排右排探头探脑，找熟人。没多久，离领饭处五米以来已经人头攒动。大有墟日赶集的交易市场之势，真是洋洋乎大观。那些胸前佩戴着鲜红的团徽的，也在物色着自己落脚的地方，我想他们胸前的团徽会为之失色，然而他们居然不顾自己是个团员的身份，真达到

饶平师范三饶、新塘籍同学1983年5月合影。

前排左起：林友生、林孟伟、翁前义、林友钦、黄俊奇、黄鹏程、钱洪港、黄岳超、张培忠；

二排左起：潘惠荣、黄如兰、张少英、张少卿、黄可华、林少英、邱丽华、黄少芬、黄秀玲、黄伟凤、黄爱群、林清桂；

三排左起：陆长生、林启平、潘炳俊、林汉群、黄佳斌、钱景发、黄少烈、黄名守

了忘我的境界，须知团员应起骨干作用，他们的脸皮可谓厚哉！这情景，气亦会变成笑了，食堂的风气尚搞不好，还大吹大擂提倡什么"五讲四美"，笑谈！

12月9日　星期四

早上宿舍出现了一件对于我们搞好团结是很有害的事。

事情的发生并非偶然，互相猜疑，钩心斗角，也非是出乎一二件小事。从早上L与K的吵嘴，以至要打架，就可以证明这一点。K怎会跟L吵嘴呢，还是俗话说得好，"事出有因"，早上刚起床，L宣布了学校要以我们的宿舍做典型试点，凡每一对铺的铁桶均应放在靠外边的那一头的铺下上，且脸盆放在铁桶上面，此事花不了多少时间便告毕。接着说挂在向阳的这面墙上订不整齐的铁钉（原为吊牙膏）应拔掉，说完便要做操了。做操完毕，回来也宣布了一次，有两三个还没拔掉，牙刷还吊在那里，不知是由于没听见，还是什么？L就把它丢到地板上去，S从外面进来，责问L，Y亦闻知，斥责他太粗暴。于是他们就斗起嘴来，L态度是不好了点。这时，K因为星期回去，返回时发现丢了一块砖，又不知在哪里捕捉着迹象，也趁机骂起"狗娘养的""拿我砖头不得好死"等等，L与S、Y他们正处于白热化的阶段，听到了这骂声，看出了苗头，登时气得七窍生烟，气不打一处来，接上K又斗起来，说不上几句，就攘起拳头要动武，幸得大家推得开，要不准会打个你头破我血流。

无独有偶，今天轮着J值日——扫倒，打扫地板，L说他的铺下没有扫，J说他铺下堆鞋。那别人也堆着鞋的铺怎么能扫？L气愤地说，并带着责令的口气叫J再回来扫，并声称如若不然，要闹得不得好看，J冷笑说："我偏不，你能把我怎么样？"L这时已经被众人闹得气急败坏了。像弹簧似的从铺上跳起来，揪住J的手便要去见老师。J不去，两人于是就扭起来，拳打脚踢，都抢着那扫帚忽左忽右，L要去抓J的衣领，一手抬着，面就被J的扫帚像秋风扫落叶般横扫进去，这时L像个斗败的公鸡猛地扑过去，众人看着事势不好，才七手八脚连劝带撵把他们推走，但还避免不了，"你瘾就再来，入你娘的""你要怎么便怎么，老子敢在这宿舍住，就怕不了你，老实跟你说"，武打虽暂时结束，相声还方兴未艾，等到早餐，才各自愤愤离去。咳！105房宿舍闹到这种地步，真是矛盾重重，可谓各逞其能，互不相让，处在互相妒忌、互相怨恨的境地里，诚可悲也。

12月10日　星期五

晨较早起，据说才五点多，步出门框，一股凌晨所特有的清新空气扑面而来，略带寒气。这突如其来的寒气不禁使我打了个寒噤，为何呢？原因有二：其一，睡眼惺忪，刚从温暖的被窝里抽身，经不住袭击；其二，没有思想准备。但这一来却也好把旧我的朦胧神志赶得一干二净，还我白日的清醒神志，真是大好的辰光啊！

但到中午，环境却大不如前，宿舍里又是闹哄哄的，因为锁头的钥匙交谁的问题，差点也要打架，毕竟L是无理由的，但他却说，四把钥匙，一定要一条交他，不然锁头就要藏起来，早上果然应他之言，吵嘴也正是围绕着这个焦点,结局说话不平众人评。L被驳得无言以对,面红耳赤,恼羞成怒,就要动起手来,怎奈众怒难犯,结局也只能罢手。后来吵来吵去,L提出,每人再出一角钱,铸多六七支钥匙,每人一支,免得再找麻烦。因是他提的,众人便要他去下边铸,且限二三天交来(因为不这样,他等明年才铸来,你等又能如何?),他又反悔了,拒绝了,众皆以为不妥也,其实也是如是矣!

饶平师范1984届(3)班同学毕业二十周年在南澳聚会,后排左四(坐者)为班主任黄培钦老师(2004年5月1日)

12月15日　星期三

中午把第三章的化学看得差不多了，下午来考也不觉得那么害怕，但这一次是重要的，要考得好些才好，因为上一次的测验及期中考均是60多分。所以指望这次考好，来弥补前二次。

第二堂的上课铃敲响了，化学老师腋下夹着一沓试卷走了进来，我不免有些紧张，但想到这次所负的"特殊使命"，这种情绪在一瞬间出现后，便被抑制了。

卷面看起来也不甚难，只是那条要写方程式的，做得不甚流畅。落堂后，对那条离子方程式怀有戒心，特地去查书，结果果然错了。唉，20多分白送了，但想到其余的还找不到差错，心也踏实点了。便来宿舍拿扫把扫教室。

差不多要吃晚饭了。我正闲着无事，捂着被子养神，突然对面的玉寿问起来最末条的那条关于炼铁的化学方程式有几条，我不假思索："大概六七条吧""没有，只有五条，老师在课堂上说过，我听得很真切。"我觉得不屑争辩，查书最好，免得一番口舌。天哪！书一翻开，我登时惊呆了，原来我方程式写错了，炼铁写成炼钢了，这怎么办哪？这条30分加上20分，明摆着不及格了。我好像一时失去了理智，傻乎乎的。玉寿后边说的什么也不知道了。突然，我怨起自己的脑子来，本能地打了几下脑门，"真该死"，我真是无可奈何，我的脑为何这样笨？这样说也太冤枉，那是太粗心了——看错题目啊！还要做自我开脱？真是，反正不及格了，我的脑子好像一块块的铅，沉重地往下沉着了。

12月16日　星期四

中午闲得无聊，便到教室弹琴去，因为还未到十二点半，阅览室的门还没开。

好不容易挨到十二点半，因为饭一吃饱，如没有到阅览室去，我的脑子就像灌了一桶铅，昏沉沉的直想睡。但如果到阅览室看起书来，脑子却清醒得出奇。

中午看的是《新文学史料》中茅盾写的《子夜》创作的前前后后，获益匪浅，因为是叙述当时创作的情况，而且创作的提要也写出来了，相当详细，可以见得当时作者的创作真迹，整个构思过程、创作意图也谈出来了。本来作者是想把它写成一部大规模的中国都市的资产阶级没落和农村革命运动的掀起，但由于农村生活不熟悉，结果只能缩小其创作规模。别的且不说，从这一点便可说明作者要写的生活应当是自己所十分熟悉的，否则是不可能写好的，大文豪亦复如此，况我辈区区中师生，如不熟悉生活，怎能写出好作品。

12月17日　星期五

上午第四节时，到宿舍拿书，顺便与S同学借自行车，因为曾有很多的人去向他借了，所以我向他提出这种请求的时候，颇有点安然自得的神态，且说得十分轻松自然，丝毫没有紧张的情绪。不料，回答我的竟是"对不起，因为我现在一般人是不借的，有好几个问我，我都说明清楚了，如给你破例，人家会说我'大''小'眼，应当一视同仁吗？"我有点惊异，明明昨天还有人去向你借，如今你却这么说，这不是轻视人吗？被他这么委婉地拒绝，我还有什么可说呢？只"嗯嗯"地应付着，一起行的诸同学也微笑了，我一时语塞，颇有些尴尬。

12月20日　星期一

中午吃饭，人甚众，全无秩序。这段时间食堂的秩序是乱得多，皆有争先恐后之势，相互拥挤，犹如闹市求前似的，得一步便紧一步，大有百头攒动之势。我一下课就来等食，初到人不多，且行列井然（因人不多，不好意思），但过不多久，来食堂的便像潮涌似的。本来早就应该轮到，但还迟迟不进，倒有点像倒退，这无论如何也会使安分守己的人发起怒来，至少发几句牢骚话，但也无可奈何也，更可恶者，乃三年级那几个经常钻营的人，由于经常如此，头脑也钻得滑了。一个拿盒的挤到前面，但还不甚用力，那个穿色条衫的则说，"挤到角落边，人家拿出来，在一边去，你就可钻进去，这样很方便"，他居然有了经验，我们后面的几个真是气愤，直盯着他，但他若无其事，说笑时不时还手舞足蹈起来，还向你扔来一个捣蛋、挑衅的笑脸，拿起饭，打个忽哨，跑了，你呢，只能眼巴巴地看人家拿着香喷喷、热乎乎的饭菜而去，却始终轮不到你，只能等人少了，何也，因为你老实，不敢去钻！

12月21日　星期二

明天就是冬节了，按照我们乡里的风俗，晚上就要吃冬至汤圆了。冬至是一年中的一个重要的节日，听老人说，冬节汤圆吃下就增多一岁，我们这些在学校的没吃冬节圆，也照样多一岁的。其实，这只是我们乡里人的说法而已，因为先辈上是这样说法，所以也流传至今。本来每逢节日是应该高兴的，但此时我的心情是多么压抑，"每逢佳节倍思亲"，我自然而然地想到了我的父亲，这个字眼，在我的记忆里一度是多么熟悉和有依靠，并亦产生了势所必然的感觉。在我天真的想象中，认为一个孩子是不能没有他的父亲的抚养的（其实也应是如此才好）。但如今，严酷的现实把我这颗童心震醒，当父亲离开我的时候，我就觉得头脑里空空的，好像在梦中，记忆也很残缺，这期间也出现了许多熟悉的幻影，父亲那满脸是汗的面庞在我面前一晃，接着是一个扛着犁吃力地在犁着番薯田的身影，气不住地喘，面色由于长期被日晒而由古铜转为铁青色。父亲的一生是勤劳的，也是老实的，他很少随便对我发脾气，只是有时经不住母亲的唠叨说他老护着我，他才拿起小竹仔来威吓我一顿，但有时也很严肃，要你怎样便怎样，否则就非吃竹鞭不可。我曾对此感到害怕，而对父亲多少失去感情，但现在哪怕是天天拿竹条来教训我，我也是乐意接受，然而，这却是永远也没有的事了。当我的眼前闪现出一副棺材的时候，我的视线呆滞了、模糊了，变成了父亲那笔直的身躯，随着扑簌簌的眼泪在上下振动着，突然我觉得他猛地站起来，用严肃而又和蔼的眼睛看着我,我伸出双手,想去拥抱住他,不要让他走了,但走不动,好像有一股巨大的力量在阻碍着我。我用力挣扎着,但这幸福的时光只是一瞬而已,接着又恢复空白了。啊!这是多么悲恸的一瞬。这将是我人生中最珍贵的一幕,最值得怀念的一幕。

12月22日　星期三

今天早晨起得较早,实非本人主观意愿,乃是客观所决定,形势如此,身不由己。

前两日谓县体委发出"冬季象征性长跑"的通知,学校就照本宣科地把这个号召传达下来,并强调了长跑的重要性,利用了早操的时间做

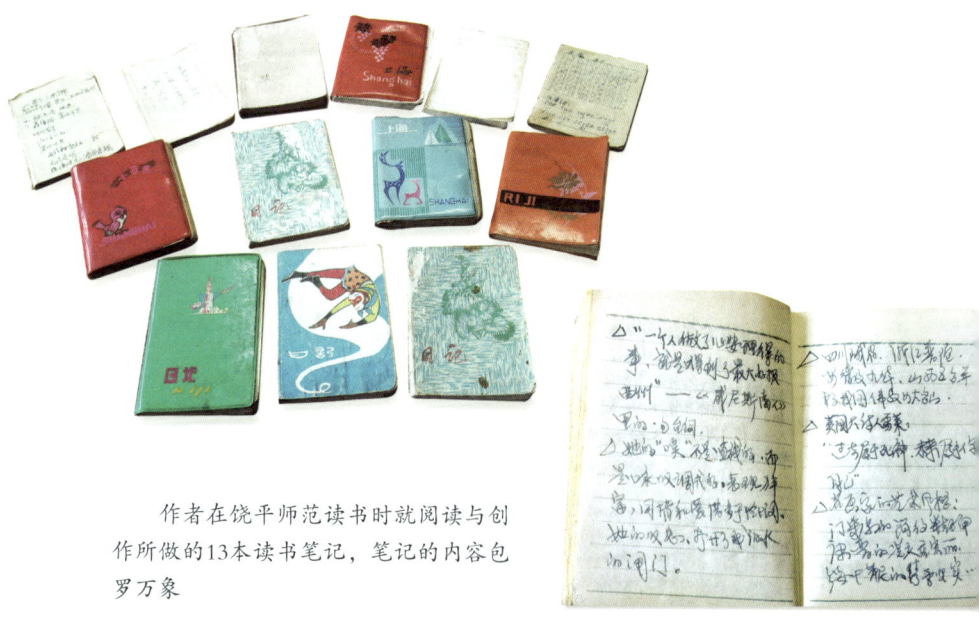

作者在饶平师范读书时就阅读与创作所做的13本读书笔记,笔记的内容包罗万象

动员，其重要性可见一斑。

　　这措施定得挺详细，要求每人每天跑一千五百米以上。这措施也定得好，更正那些到早操时才慌慌张张从被窝里钻出来，蓬头一边扣着纽扣一边走的懒虫的坏习惯，我虽不能算得上懒虫，但到起床铃响才起床也不算为早，这个运动对起早也能起点推动的作用，所以亦觉得好。

12月24日　星期五

　　天渐渐地暗下来了，村街上的人越聚越多，男女老少个个喜上眉梢，各家的门框也挤上了好些人。

　　风，呼呼地吹着，
　　树，呼呼地吼着。
　　天上，浓云黑压压的一片，
　　夜，被噪得疲倦地睡着了。
　　此时，谁曾想到——

3月14日　星期一

陈四其人

　　人常说"百人百个性"，我相信这是一个真理。我所接触的人都给我留下了一种印象，只是深刻与淡薄而已。然而最深刻的莫过于陈四，他是我们宿舍里的人。说真的，我是个沉默寡言的人，对别人争论的问题，往往是以旁观者的姿态出现的，大有不屑一顾的意思，对什么都不介入，然而陈四的举止我却特别感兴趣。

比如晚饭的时间到了，大家都拿着盆去食了。他也是同样，但当他拿着饭票下了铺的时候，他总会找个借口把饭盆往你的手里一扣，并亲昵地说："你先给我拿去排，我去大便一下便到。"或是，"我去某某拿本书就来"，要不就"你能拿来吗？"这倒挺干脆，这也还要好点。

他是海畔人，海鲜自然多点。他是个"香炉脚"，家里父母视为掌上明珠，家里带来的东西总会比他人多。不拿给诸同学共享，这并不是什么不好的事。但他为了不让人知，因知道怪不好意思，就偷偷地在背面裤袋拿出来地豆、鱼干之类的东西，或是晚上熄灯时在蚊帐里"窸窸窣窣"地拿、吃、咳。真是怪人，何苦，人家难道能厚着颜向你索取。

他是条地地道道的烟虫，每顿饭吃完之后总要抽上一二。"酒肉朋友"总是有些，有的向他要根，他说"没有了"，而后不久就偷偷地抽起来，于是有人半开玩笑地跟他说："条烟看作命。"他也真气炸了肺，梗着脖子摆出要跟你吵架的样子。

3月15日　星期二

早晨，差不多六时起床，其时天色微明，下雨，颇觉寒冷，于是再穿上一个尼宁衫。后便提水，别室还没开门，绳拿不到，只能到井头去碰运气,至井亦无人,忽见四班宿舍门口有一个安有两条竹绳子的塑料桶,状虽简陋,但可提水,于是拿来提了,还算幸运。

上午照旧上课,无甚引为趣味的。唯语文老师讲课时,有涉及日本风俗的,如妇女腰间系条布巾,老师说成"像丧考妣"所佩之带,引起一堂哄笑。语文老师癖好说笑,容貌亦易引人的眼神为之逗留,身材不高,胖墩墩的,肥大的身躯,肚有点凸出,满脸横肉,牙有点龇,堪称身圆体胖了。本来按他的身架,多是舞台中的喜剧角色,然而,他喜怒无常,有时笑得前仰后合,有时凶神恶煞,令人心惴惴。因此,他的诙谐言语,人们虽忍俊不禁了,但还有点戒心,不敢尽情放纵。他笑声止,众人也复无声。由是气氛较活泼了。

中午,饭后,本想写字完后,到阅览室看报纸。因好几天没去,一旦决定便是刻不容缓的首个任务,但出去看三四次阅览室

初中同班同学和同村伙伴。左起:张如喜、罗少灵、张景浩、张伟钦、张培忠(1986年1月)

门还没开。后才知今天是星期二，没开，实在扫兴。一旦失去了这个念头，瞌睡虫便爬上了眼睛，扰得眼皮痒痒的，厚重厚重，于是午休了。

晚上，除作业外，无甚事做，至十点多睡。

3月17日　星期四

下午体育课，老师方给同学打球，并学当裁判，旨在复习上节课老师所教之裁判动作。余本想试，又怕人笑，实在胆小之至。还是盛财有胆量，居然当起主裁判来了，其胆量实在可嘉。

第六节下课后又想洗澡，又想不，后又想装开水来洗，继而又反悔，结局还是下了决心，与感情相违抗，淋了生水澡，开头也着实有点寒，加之启平又添油加醋之，颇有点畏惧之感。洗毕，浑身舒适，轻松，步出浴房，盛财方来矣。要是去装开水，此时也还是畏缩呢！看来做事还是从速为妙。

晚餐后，至教室弹琴，正兴致间，忽炎辉领二人来叫余，仿佛间看不清人面，出教室，才知是文城，乃初三之同学。另一位言是糖装公司的，住学校对面之保管仓库，看来是毗邻，居然不识，殊为遗憾，老同学相见，心情甚畅，虽中学时彼此不甚亲热，然他乡遇旧知，别有一番情调。文城言有事来黄冈办，夜宿无着落，故来借住，余欣然应允，少时文城与来之朋友辞出，余送之，又想距校不远，便往同行，才知此位名曰国秀，原是慢一届之一中学生，六时多，既出，嘱文城九点左右来。

自修散，文城便来，甚准时，夜来同文城同床，眠不得深，文城更甚，为因是生铺之故也。

3月18日　星期五

中饭后即去弹琴，至教室，寂静无声，以为无人，入内，见德才在练毛笔字，全神贯注，屏息提气，大有达到忘我之境界，以至于连我入他也不察觉，近来德才练习甚专，且大有长进，余已不及他，甚愧，也担心，琴弹一趟，无精打采，便来宿舍午休，刚躺下，祝得来，托放假回家时，给他捎几十斤米来，并带一本英语书，不多时便走。

夜来自修，到教室，因是星期末，黑板报轮到一组出版了。其他的无有什么，唯有自创作的一幅漫画，意在讽刺那徒有虚名之团员，其中套诗也算不错，就是内里几个重要字眼用得很不恰当，以致诗的意思朦胧不清，余认为应把"请看你"改为"请看他"，诗中意思才会文从意顺，还有几个字要改的，便向诗之作者炎辉述之，其态度甚谦，为之大慰，只是另外几个字他认为不用改，余亦不强他了。

3月19日　星期六

晨准时起床，一些琐事完毕后，便开始学习，大概六点半钟，班主任老师来，想此行是来看一看各组清洁卫生如何，宿舍里除余外，皆未起床，听老师来，甚恐，老师说几句话便走。

下午星期六，复又无事矣，甚慰，午饭后，即练字，约一时多，不慎将一瓶墨碰倒，污染了整个案桌，十分不快。

二时多至阅览室，翻阅《诗刊》，为之吸引。收获不小，三时多门关，既出。

晚餐后，邀前义外出散步，径去诏安之路线，路上车辆甚多，隆隆声不绝，震耳欲聋，殊为讨厌，漫步间，谈论种种，殊为投机。途中被雨袭击，腿如不快，有被淋湿的可能，今天运气实在不佳。

3月20日　星期日

晨较晚起，洗漱毕，则吃早餐。八点半至阅览室观书报。为《诗刊》所吸引，内里诗的内容颇好，语句铮铮有声，语言优美，真令人眼花缭乱，颇有眼睛不够用之感。

中午，精神甚为不佳，小睡一小时左右，但不得深，只朦胧而已。二时多即起，练字半小时许，正值天气突变暗，字几乎看不见，便往盛财铺坐，拿着《文学报》看，内容很不错，不一会儿，听顶铺"咣啷"一声，随后我的脖子一阵凉，盛财与兰鹏几乎同时惊呼，我知不好，忙起身视之，原是俊江碰倒泳佳之墨汁，以致我被淋一身，盛财亦被洒下一大块，兰鹏较轻，只是溅到几点，但也是够难看了。一瞬时，几个人都目瞪口呆，稍定神，我便赶快脱掉衫，拿起脸盆往他宿舍取水，皆无，甚慌，忙拿一只桶至井。又无绳，甚好手够得着，用力稍微大，差点掉井，心甚悸，提回，忙洗这衫。其余几人也是又提水又搓洗衣服，一时怨声不绝，忙得不亦乐乎。此几天运气甚为不佳。

晚餐后，即到教室，还未进，就听到教室里有琴声，甚动听，看来是个内行的。来到教室，观其人，乃是三年级的师兄。放下书，即看他弹奏，真悠扬，为之倾倒，过了差不多十分钟，问他《少年，少年，祖国的春天》怎样弹，开口时心甚慌，以为他会很冷漠，及至言出，甚是和蔼，热心，又请他再奏一遍，还给注了配音，甚热情，大出意外，不多久，他就弹够了，我又谢他，目送他走出教室。

3月21日　星期一

　　早上起床时，大约六点多。穿好衣服，便打水……

　　中午到阅览室去看报纸，阅杂志，起初很打不起精神，以后渐渐为《诗刊》的优美句子以及巧妙的构思所吸引，以至于越看越有精神。

　　下午第一节劳动，宿舍里的很多人都打算是自由了，因为全天一直下雨，估计是没有什么事可做的，不少人想大睡一场。国涛想起床来又躺下，基于以上原因。我从阅览室回来，很疲惫，上下眼皮直打架，想小睡一下子。然而，天有不测风云。不意这时老师走了进来，说不劳动，除二组同学冲洗水沟外，其余同学全部上教室，并叫班长，应准时点名，口气非常坚决，不像往常那样，毫无商量的余地。

　　第二节是班会，老师宣布根据什么上级的通知，从明天起第五节下课便要做眼保健操，说今天先由体育委员讲一讲保健操的要领，并按过去学校教的做，南鹏上到讲台，说话还是流利，只是过度谦虚，听来老大的不舒服，但他的镇静却是我所不及的，大有"老运动员"的姿态。这当然是很好的，我今后应多效仿，因为我的胆子很小。晚来完成一首诗，很不成熟，只应付老师催的广播稿，滥竽充数而已。

3月22日　星期二

早晨起床后，就到英语班炳俊借了本一册的英语书，一是受利潮之托，二是想自己也来学一些，隔一年多没读，原来懂得的单词几乎忘个一干二净，着实可惜。

中午一点整睡，起初还模糊地能睡一会儿，后被后面一女人的怪叫声惊醒，心怦怦直跳，以后就不能入睡，辗转难以入眠，心益发怦动，真可恶至极。现在之女人是"半边天"得有点狂妄了。

下午第五节下课，开始做眼保健操，一听到这音乐，便引起我的一番联想：第一次听到这声音的是一九八○年的一月期间，那正是我初二由新塘中学转到饶平一中那天，我与父亲挑粗糠到一中，早上找不到人，直等到下午，此时恰有这支音乐播放着。如今的这支音乐又播放了，然而我的父亲已经作古几个月了，触"景"生情，人去"物"在，怎不令人伤心啊！唉，过去了的，就让它过去吧！让这个神思成为永久的纪念，埋在心里，把这腔深情，化成一片虔诚，祈祷我的父亲早升天界！

3月24日　星期四

中饭一吃饱，就约利潮到教室去。

在操场等了好久，还不见利潮出来，只得回到宿舍看看。哈，好小子，他还在吃呢，一只手执着汤匙，一只手托着饭盆，歪着头，边吃边

记录蔡利潮同学趣事的一则日记

与蔡利潮在南澳海边（2004年5月1日）

笑，在一旁观盛财写字呢，还不时地拿手去挑逗盛财的屁股、脸庞，于是引来一阵阵的打闹。有时盛财真的生气了，他依故嘻哈，盛财也无可奈何。

吃完了，把盆一丢。就寻起水来，左踢踢一只桶，右攀一只桶，恰恰宿舍无水，就骂骂咧咧地走出宿舍来，我一再催他，才一起上教室。

下午没什么事，晚上十时多睡。

3月27日　星期日

早晨起床时大约六点多钟，雨接连不停地下。

吃饱即去教室自修，本想读一读数学、化学，但一到教室，看到风琴就为其诱惑，弹了差不多一小时，比以前有所进步，以后就写了半小时的毛笔字，便回宿舍。宿舍里皆在煮吃的，我也想吃了。对盛财借了面粉，揉之，开头又想吃面块，又想吃面糊，不知不觉倒了太多的水，只得等水滚了再作打算，盛财他们的米粉已煮熟了。便拿他们原来煮的那锅，倒进开水，恰利潮也下来了，我也有预他的分头，不久便可以吃了。又去盛财拿白糖，白糖、面粉皆盛财的，甚不好意思呀，熟了，一大锅，盛财当然要叫他吃。利潮、盛财他们吃不多，多是我吃的，吃得十分饱，也很够。吃面糊还是我平生第一次，滋味也不错。

3月28日　星期一

二时多，老师来交代劳动任务，便上课去了。

老师交代第四组清洗水沟，我和海文与四组同宿，虽是第三组的亦应参加，其余同学均应上教室自修，老师还拿了一张视力测验表，叫南鹏拿到教室张贴，布置完毕，即分头行动。

宿舍的同学皆到井边提水，因长期下雨，井水甚浅，徒手便可汲着。

提水来，俊江、泳佳洗宿舍，我与利潮洗卫生间。咳！那卫生间，名是卫生间，实则很不卫生，一洗到那里，一股难闻的臭味夹着一股刺鼻的氨味扑面而来，大有压倒人之势。那个洗衣台也满是积水，暗沟不通，污水满槽，费了九牛二虎之力，才搞了个马虎，除清洗卫生间、宿舍外，剩某D某J两君无事，两人便去提水，提水人人都用两只桶，他们捡了便宜，他们提水，叫提两桶，却偏不。众皆有怒色，却不言，亦有原因，有的是不屑说之，有的气得不说，唯利潮憋不住，嘟嘟囔囔骂几句出气。后来宿舍就洗好了。

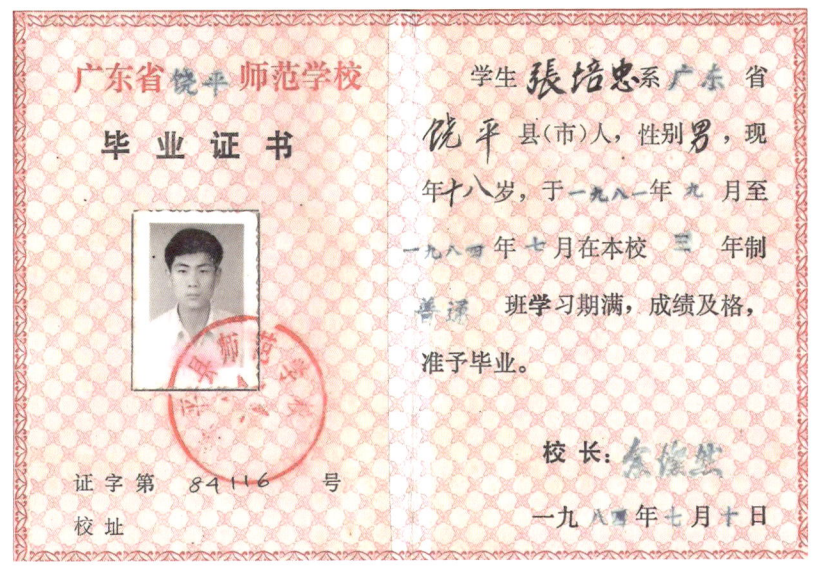

饶平师范毕业证书

4月1日　星期五

　　中午上教室学弹琴，第四组正在出黑板报，人手不算少了。有的画刊头，有的添花边，有的选内容，忙得不亦乐乎。他们还出不完，所以我自顾弹琴，没去留心他们出的内容。今天学弹的这首《国际歌》真难哪，弹了好久还弹不顺手，搞得头昏脑涨，欲罢不忍，欲弹无兴。干脆就来看他们出的黑板报，这时也出得差不多了，这期出得还不错，刊头小巧玲珑，内容称得上丰富多彩：拼音的、作家谈写作的、笑话、中外文人锤炼词语的故事、学写柳体字的秘诀……精神为之一振。

　　晚上看数学以应付明天之考试，甚无神。

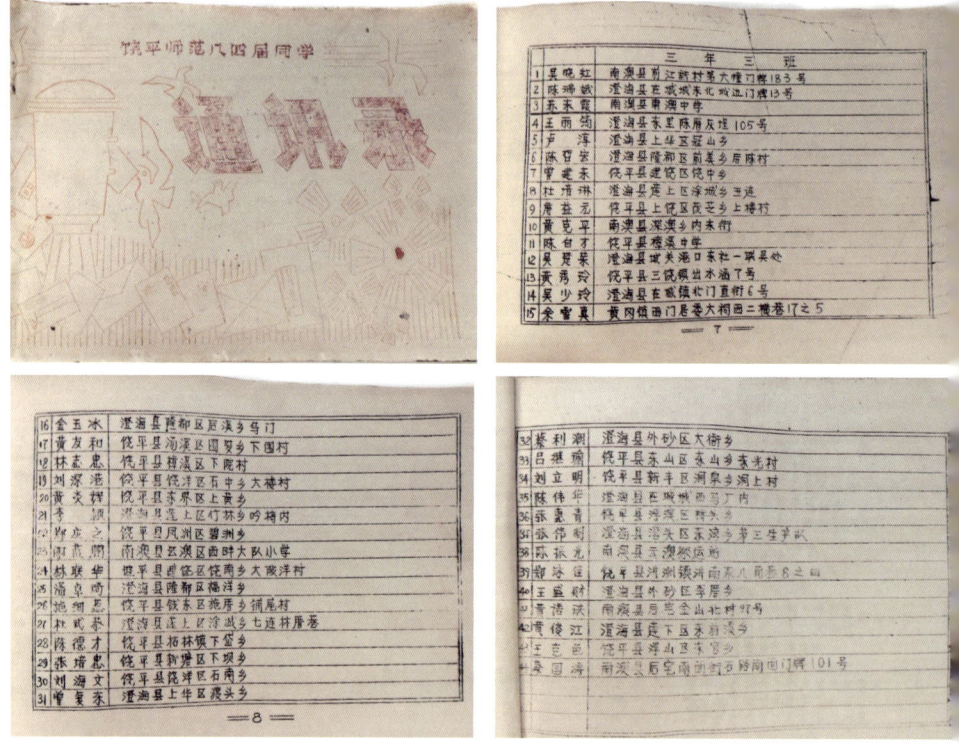

饶平师范1984届（3）班同学通讯录（1984年7月）

评 论

父 亲

杨向群

在我有限的阅读经验中,朱自清《背影》中的父亲和罗中立油画上的《父亲》就像镂刻在心海里的印象永世不可磨灭,二者或混合一体,或为一体两面,不时浮现于眼前。近读张培忠君中篇纪实文学作品《永远在路上》(原载《中国作家》2012年第7期),似具象又似抽象的父亲形象变得清晰坚实起来并更加富于寓意。

这是张培忠继《文妖与先知——张竞生传》(三联书店,2008年出版)之后沉潜数年发表的新作,是在整理了近十万字素材的基础上写成的。我相信,作者怀念父亲的情感已在心中积蓄了很久。如果说朱自清笔下的父亲温润敦厚,罗中立画中的父亲悲苦沧桑,张培忠的父亲便是隐忍坚韧的。生长于战乱年代,经历了"咣咣咣锣声一响,在四田洋干活的人们即刻丢掉手里的活计、工具,争先恐后地奔跑着赶回大食堂吃饭"的荒诞岁月的父亲，为了家中妻儿老小有饭吃和买得起红糖，冒着被"割资本主义尾巴"的危险，私自参加木工队出外挣现金。"父亲说，只要有钱赚，有饭吃，再苦再累的活，他都能干；再难听的话，他都能听！""只要不打我就可以了。"这大概同样可以作为北洋军阀时期朱自清父亲之"颓唐"和20世纪80年代初罗中立"父亲"之"麻木"的一种注解。

　　作为非职业作家的张培忠曾用二十多年的时间研究他的乡贤张竞生，继而收集老照片和口述历史资料；还原父亲的生存环境和历史时代，从其朴素扎实的文字里可见这个农民儿子的赤诚之心和眷念之情。他一定是想用最自然的方式表达对家园故土的尊重、对人性的礼赞和对未来的憧憬。他的家乡是一个离牛田洋不远，被称为"省尾国

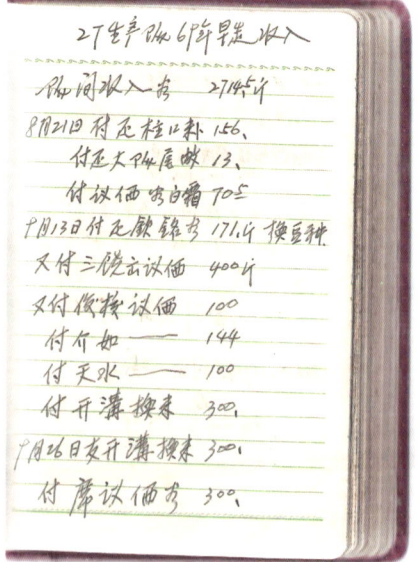

本书作者的父亲使用过的笔记本（1969年）

角"的小村庄，背靠凤凰山，衔接望海岭，那里的人们世世代代在田土里刨食，年成好的时候杀鸡做粿，添丁焗"分饭"，遇上天灾人祸便只能吃糠咽菜。但当"文革"狂潮席卷全国、氢弹爆炸震动世界的时候，这里却仍然能够应社员的要求抽签建楼围，而山的另一边还曾是张竞生进行乡村建设实验的地方。尽管如此，"穷惯了，饿怕了，父亲总有一种出外觅食的冲动。家虽温暖，却是他不愿意久留之地，这是一种吊诡，一种无奈，一种现实生活的反讽。"祖辈"勒八索""挑溪头"，父亲"走山内""走凤凰"，为的只是一家生计。至于为了儿女能上学读书而含辛茹苦甚或忍辱负重，就更是那个年代千万个父亲不堪回首的人生经历。

定格在朱自清泪眼中爬上月台买橘子的父亲和罗中立作品的原型守粪农民，还有张培忠"永远在路上"行走的父亲，那一刻他们都在想什么呢？我们无从知晓。但我确乎听到了他们发自内心深处的一声呐喊。

真实的力量

逸 野

读这篇非虚构作品,数度泪奔。

回忆父亲的文章看得多了,尤其是每年的父亲节,几近泛滥,空洞无物的多,煽情者众,鲜有真正打动人心的。不料,这篇文章一开始就以平实的语言、真实的场景、真挚的情感深深地吸引了我,越往下读越是深陷其中欲罢不能,感同身受之处,不知不觉泪流满面甚至哽咽恸哭。那些人,那些事,那些伤和痛,那些苦和累,那些我们熟悉的历史,我以为已经远去了,却在作者的文字中突然如此鲜活,如此亲近,山呼海啸一般扑面而来。

在"省尾国角"广东省饶平县西厢乡的一个小村庄,烙印着父亲的一生。平凡、朴实、勤劳、刻苦,跟中国乡村的大多数父亲一样。山一样的脊梁、顽强的意志、乐观的天性,不甘平庸不服输,犹如贫瘠山梁上的一棵草,生而弱小卑微,却把根深扎土地,任凭凛冽的山风吹过,寒冷的霜雪埋过,当太阳升起,当雨露滋润,生生不息的希望就在体内升腾,化作无穷无尽的力量。

波澜壮阔的时代背景,个人的命运、家族的兴亡,底层农民的生存状态,有血有肉、有悲有喜,有残酷得令人泣血的现实,有柔软如流水的温情。不仅是父亲,还有文中出现的众多人物,母亲、哥哥、农友、祖父、祖母、外公、外婆、下坝嬷、生产队长、伯父等,一个个栩栩如生,有的即使是三言两语,人物性格也跃然纸上。

"这些自产自销的土烟丝,父亲随身携带一小油纸袋,放在裤袋里,犁好一片田,赶过一段路,中间歇息时,卷一支喇叭筒,猛吸几口,既解乏,又过瘾,那大约是父亲人生中的赏心乐事和莫大享受。"这样的描述不少,画面感很强,让人不知不觉走了进去。

本书作者兄弟在村前父亲曾经耕耘过的田地(2002年9月6日)

一方水土一方人,作者对潮汕人文风俗的熟悉,让作品洋溢出浓浓的乡土特色。在写到生"男丁"焖"分饭"的风俗时,更是驾轻就熟,娓娓道来。

按照村里的传统,生男孩的,正月十一还要上灯,宰鸡杀鹅,椿圆做粿，答谢神明；正月十六，要主持或参与"营阿娘"，如果是头丁，就要牵头筹备有关事务，不是头丁，就协助头丁做好相关工作，让"阿娘"在全村的疆界巡游一番，以示香火有继，福泽绵长。

建新房上梁，在中国各地都是一件庄严隆重的事情。在作者笔下，潮汕人"上梁"是这样的：

随着张成锋将象征大吉大利的红花秫草水洒向正梁后，父亲高喊一声："吉辰到！"负责做泥水的父亲的族弟张继添随即点燃了一串鞭炮，张永平紧跟着喊道："上梁！"在一片热闹的鞭炮声中，大家用绳子将正梁慢慢地抬高、抬高，然后稳固地安放在整个屋子的最高点。正梁安放妥当后，张永平遂将一张写有"姜太公在此"的红纸贴在正梁中间，这道庄严的仪式方才完美落幕。

使人一下子就回到了那个时代，农耕文明的质朴淳厚，描绘得有声有色。如果不是对乡土怀着深厚的感情，如果没有经受时代血与火的洗礼，如果不是对这一方热土的文化底蕴有着长期的研究和积淀，不可能这样信手拈来如数家珍。非虚构作品的本质就是真实地再现，高明的作者总是能把握核心，那就是文学艺术的以情动人。理性冷静的铺陈，蕴含着博大的悲悯情怀；感性真挚的描述，深藏一颗柔软的心。父亲去当挑夫，那似乎通到天边的崎岖山路，父亲的双脚走得如此沉重：

从大赤岭下来，经过枫树脚岭，在岭上路窄坡陡，货担沉重，无法走快,刚刚下到食饭溪水库主坝时,父亲急着赶路,想走快一些,没想到一个趔趄摔倒在地,壳篓侧翻,幸好是在平地,损失不大,只豁坏了三几个鸡蛋。父亲就势坐在地上,捧着几颗碰坏了的鸡蛋,左瞧右瞧,舍不得丢掉,遂把那几颗生鸡蛋吃了再赶路。

后来,哥哥张培林长大了,开始为父亲分担了,假期跟着父亲当挑夫:

父子俩刚踏上江西田村后头的晒谷场,天就阴阴地下起了雨,晒谷场从上场到下场有一截很窄很陡的坡,每次经过时都要挑直肩才能顺利

父亲的人生经历是另一种"人世间"。著名作家梁晓声老师(右)赠送其长篇小说《人世间》(2019年10月29日)

通过，雨过路滑，担子又重，张培林屏气凝神小心翼翼地移动着脚步，到路尾时终于刹不住脚，连人带担子滑倒在地，40多斤的一担鸡蛋坏了一大半。

作者自己到饶平一中上学，第一天去报到的场景是这样的：

由于家里穷，没有现金可缴纳，只能用柴草之类代替。那天报到时，我和父亲每人挑一担粗糠（即谷糠）到学校，上午等不到人，进不了门，我们父子俩就一直在学校大门口等着。中午就近在小食摊上吃一碗三饶饺，一毛钱十三颗，我记得清清楚楚，父亲见我不够吃，又舍不得多花钱，就把他那一份多拨拉几颗给我，我不肯要，他就把那半碗连汤带饺子都倒进我碗里，我是和着泪水把那半碗饺子吃完的。

父亲的农友在伐木的时候遭遇事故，悲惨的情景，人生的无常，着墨不多，却令人扼腕：

众人七手八脚把张两愿抬回刚刚搭好的篷寮，父亲连忙舀一碗水喂他，喂到一半，水就直往外流，喂不进去了。父亲和大家带着哭腔急喊："两愿！两愿！"

张两愿却永远地闭上眼睛，听不到他的乡亲、他的兄弟一声声悲戚的呼喊！

这一天是冬至。他的小儿子才两岁，他的妻子正做好冬至的汤丸等待他回去团聚。

没有刻意的夸张,没有故作的矫情,只是轻轻地道来,已经令人热泪纵横话不能言。哪些事件该洋洋洒洒,哪些故事该点到即止,体现出作者的独具匠心。将近4万字的篇幅,一点不觉得长,反而在掩卷之余,意犹未尽。

审视和反思,又让作品有了深度和张力。口述历史的角度,广阔的视野,哲理的思考,游刃有余的文字驾驭能力,活色生香,引人入胜。

(原载《文艺报》2020年6月17日)

平实叙事演绎父子情深

林　子

非虚构作为文学的重要来源和表现形式,历来受到作家的重视与青睐。张培忠的《永远在路上》以非虚构作为叙事来源和支撑,结合作者对时代的记忆与研究,以饱满真挚的情感、灵动细腻的笔触、平实质朴的叙述,对父亲的一生进行回忆追述,成功塑造了一位平凡而伟大的传统中国农民父亲形象,勾勒出一幅广袤生动的潮汕农村社会图景,其中流露的对生命、生活的执着热爱与忧思情怀,如汩汩清泉润泽心田。

坚强面对、绝不轻言放弃

张培忠的父亲出生于被称为"省尾国角"的潮州饶平县下坝村泰阳楼一个贫穷的家庭,祖上(老太公张庸)曾显赫一时,但家道中落,加上6岁时父亲早逝,自小与母亲、伯伯过着凄风苦雨的日子。生活的苦难并没有把父亲打倒,为母亲分忧解难的朴素心愿、为吃上饱饭的迫切生活需求、为养家糊口的家庭义务责任,让父亲在生活的磨砺洗礼中渐渐形成质朴的生活态度和人生信念。

上学——这件看似寻常的事,对于家境贫寒的父亲而言则是来之不易的学习机会,更是值得铭记一生的最幸福美好的时光。怀着对祖母的感恩报答之心与对知识的崇敬渴望,父亲格外珍惜、用功,"他常常是学校里来得最早的学生,坐在教室的角落里,分秒必争地诵读课文。晚上从不荒废,用来温习功课,或者预习新课"。当时家里穷得连一盏油灯也买不起,父亲只能点一支祖母从山里取回的"薪"来照明,并因此导致课本常被烧坏而心疼无奈不已。为生活所迫父亲还不得不时常辍学到亲戚家放牛帮工:"每逢期末考试,父亲总要克服重重困难,包括缠着他的舅舅们做说服工作,直到放行为止。尽管旷课几个月,但每次赶回学校参加期末考试,父亲的成绩总能考第一。"除了读书成绩好,父亲还是种田的好手,是远近闻名的能工巧匠,是翻山越岭的挑夫。

成家之后,父亲为了担负家庭的重任,更是倾注了自己毕生的心血精力,几十年如一日辛劳奔波。为了家庭的温饱、孩子的读书,即使面对恶劣艰苦的环境,他也坚强面对、绝不轻言放弃,其中的辛酸不言而喻,个中百味冷暖自知。

"生活是一种态度,也是一种信念。穷则思变,即便在十分困难的时代,仍有人的活路。""只

泰阳楼里的老房子

要有钱赚,有饭吃,再苦再累的活,他都能干;再难听的话,他都能听!""没有什么障碍能阻止他艰难前进的脚步,这成了他坚定的人生信念。"

生活的苦难磨炼成就了父亲坚强的意志、勤劳的品质,以及不甘平庸、奋斗不息的精神品格。父亲满怀虔诚地向生活这位伟大的导师学习讨教,同时他总能在辛劳枯燥的学习劳作中体味生活的哲理和乐趣,感受劳动之后内心的平实和快乐,这也是生活本身最大的馈赠。

平实文字呈现极强画面感

《文心雕龙》有言:"缀文者情动而辞发"。大意是说写作者因内心的情感奔涌触发文思泉涌而形成文学作品。《永远在路上》开篇即点明宗义"尽管时光流逝,却有一事深埋心底,恒久不变,那就是对父亲的感情"。张培忠对父亲的感情既是触发他提笔写作的冲动,也是贯穿全文的情感脉络基调。

作为一篇怀念父亲的叙事散文,自然少不了与父亲的相处回忆。其中有两处父子相处的场景叙事感人至深:一是作者与父亲在校门口吃三饶饺,二是作者哥哥帮助父亲挑货"走山内"。两段不同的叙事中,父亲虽寡言少语,却一次次以于无声处的细节和行动诠释着父爱的宽厚与仁慈:因担心时值青年正在长身体的作者不够吃,父亲硬是把自己碗里的饺子分拨给作者;当哥哥因雨天路滑不小心滑倒碰坏鸡蛋,父亲不仅没有责骂,反而好言安慰让其收拾回家后继续挑货上路。懂事的儿子们在父亲"渐行渐远渐单薄的身影"中,读懂了父亲的艰辛与不易,更感受到父亲舐犊情深的爱子之心。两处叙事前后呼应、相得益彰,产生了类似古典文学"互文"的修辞效应,是对"父爱"丰富意涵的阐发补充。

值得注意的是,文中还穿插了彼时作者与哥哥写给父亲的三封家书内容,表达了对父亲的深切体恤和担忧,是对父爱的"有声"回应:"父亲,我上次替您挑些鸡蛋到桃源,由于天气不好(下雨),路非常滑。我把蛋打坏,然后同您把蛋收拾好之后,您就继续前进,而我就要回家,但我在回家的路上回头看着您,当时我想起那些路程,以及天下雨造成的困难,又想起您的年纪和身体,在回家的路上,一边走一边放声大哭,因为父亲您有困难,我没法帮助父亲解决困难。而现在我给您写信,想起那种艰苦的情景,也眼含泪水。"

而对于父亲阅信后的感受,作品采用侧面白描叙述的手法:"全家人正在吃早餐,父亲突然泪如雨下,母亲大惊失色,问道什么事情,

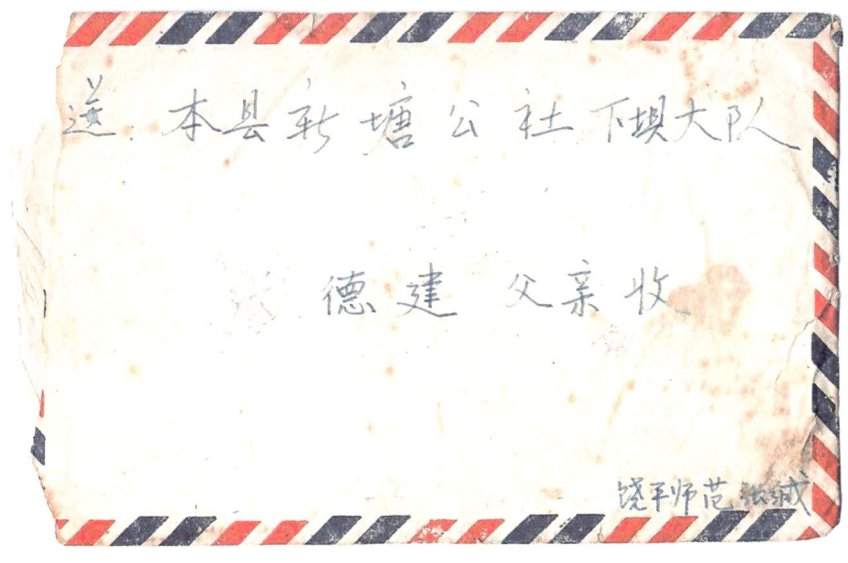

本书作者的哥哥张培林写给父亲的信

父亲说刚刚收到阿林的来信……我急忙掏出信时，发现泪水早已重重地打湿那两张薄薄的信纸。"

平实的文字叙述呈现出极强的画面感、在场感，让读者仿佛身临其境：大时代下中国传统农民家庭的日常艰辛，因长期为家庭生活辛劳奔波而单薄虚弱的中国传统父亲形象，儿子们对父亲惺惺相惜的拳拳之心，父亲内心悲悯感动的复杂情感奔涌……无不让人抚卷长叹、恻隐动容。同时，书信内容的穿插使作品通过叙事语境的切换，将"过去"与"现在"两个不同的叙事时空巧妙联结，在"作者（与哥哥）——父亲——读者"间建构多元的审美观照窗口，让传统的回忆叙事在跨时空、多视角的叙事中得到多重折射与解读，由此形成的情感冲击如洪钟鸣荡般一次次撞击读者的心灵，让人在沧海桑田中品味血浓于水的父子情深。

潮人精神的理想建构

心理学家弗洛姆曾说："父亲，是向孩子指向通往世界之路的人"，父亲不仅是作者坚实的精神与物质来源和依靠，也是作者体认并通往现实世界的桥梁窗口。作品在个人叙事的基础上，结合母亲的口述历史，积极扩展叙事的广度和深度，通过在历史和生活的回望反思中，实现对父亲精神的探寻建构，进而实现潮人精神的理想建构，体现作者史学家般的宽广视野和气度胸襟。

深谋远虑的祖父、坚强负重的祖母、独具慧眼的下坝嬷、聪明能干的木工队领头张成锋、纯朴执着的木工队队员张两愿、拥有弥勒佛笑容般的典医师、精明狡黠的大队长张娘镇等一个个真实饱满的生命,以及焖"分饭""营阿娘"等潮汕风俗传统,组成了一幅鲜活生动的潮汕农村生活图景。在大时代背景下,潮汕人求生计、图温饱、谋发展,遍尝生活的艰辛困苦,他们面对生活苦难展现出非凡的生活智慧、坚强勇气和人性光辉。与作者的父亲一样,他们作为平凡的生命个体,努力工作、努力生活,在血汗和泪水中收获感动和欢乐,也为别人的生活带去欢乐、慰藉和希望。作者将这些饱满的生命个体一个个还原记录下来,既是对父亲叙事的补充,也是对潮汕先民的致敬。

"永远在路上"的"路",不仅指父亲走过的漫漫人生路,更指潮汕先民矢志奋斗、永不服输的精神之路;"永远"二字既饱含作者对父亲的深厚情感和深切缅怀,更道出了作者对于延续传承潮汕先民精神血脉的意志决心——它们将滋养激励着包括作者在内的无数青年后辈,在悄然无声的岁月中砥砺前行。

(原载《羊城晚报》2020年6月28日)

父辈的引领

江锐歆

夜静更深,重读张培忠的纪实文学《永远在路上》(原载《中国作家》2012年第7期),感慨之余,便有了如下文字,权当评论。

人类文明的发展,虽偶呈局部返祖或落后于前世的现象,但总体是一代一代演进,一辈一辈创新。这当中凝聚着被称作救世主、帝王将相、时代英模的丰功伟绩,也凝聚着无数默默无闻的平民百姓的智慧,正如毛主席在《论联合政府》一文中所说,人民,只有人民,才是创造世界历史的动力;而在《"农村调查"的序言与跋》一文中,毛主席对普通民众的英雄本色给予了深刻揭示与崇高评价,指出:群众是真正的英雄,而我们自己则往往是幼稚可笑的,不了解这一点,就不能得到起码的知识。引用毛主席这两段话,我想已足够说明即便在社会最底层挣扎着的芸芸众生尤其是农民,也可以用自己的方式推进人类文明的发展。底层农民,只用实干,他们最强大的理论藏于心而表于行,其宗旨就是让自己和家人的日子过得好一点再好一点。这种简单朴素的心愿有着巨大精神能量,可以冲破一切藩篱,可以激励后人。张培忠纪实文学《永远在路上》中的父亲张德建,就是这样的人。

与大多数农民不同的是:父亲张德建特别重视读书。父亲诞生之前,这个家族已陷入生存困境,显赫已成遥远过去。张培忠写道,父亲的名字典出群经之首《易经》两句话："天行健，君子以自强不息"，"地势坤，君子以厚德载物"。这大概可以表明爷爷在给父亲起名时，也表达家族对再度兴盛的愿望和对文化的渴求。祖父去世，父亲六岁。祖母当苦力挑夫攒下钱来养家糊口和供父亲读书，可是父亲刚读完小学四年级就因生活所迫永远地离开了学校，那时父亲十三岁。从此，父亲跟着伯父"走山内"谋生，从少年走到青年走到中年，步步血印。无法再进校门读书，成了父亲无尽的遗憾。于是婚后就把实现读书梦移情寄望于子女。读书的强烈愿望如薪火相传，闪烁父亲短暂一生也激励子女们。《永远在路上》中关于父亲张德建读书的经历、关于父亲为子女读书问题而努力的许多细节叙述，催人泪下。父亲的顽强向往精神，也在培忠和哥哥培林身上闪亮，而生活依然极端窘迫。已经考上县师范学校的张培林放假回家，第一件事就是接替母亲帮父亲挑东西，继续"走山内"。自幼经受生活的磨砺，使哥哥在父亲去世后，有了对家庭的更多担当，也少不了对弟弟培忠的奉献与关爱。张培忠的叙述情感诚挚，语意坦然，淋漓尽致地表达对父母、对兄长的感恩情怀和彻悟生命的主题，作品放射出父亲永不灭熄的精神能量。纪实理性与文学情感相得益彰，感动读者，鞭策后人。

我认为，地球之大，人口之多，文化之繁，脉系之杂，却由无数个体构成，每个人、每个家庭乃至家族，都是区域文化的重要元素，而无数区域文化就构成全球文化。所以，无论你是谁，生活本身就是文化，每个人都活在文化当中，都在承载文化、享受文化、催化文化。不同的是，有的人从自身渴求读书开始，到升华凝聚成对文化精神的向往和家族理念，并强烈影响后代去开拓创新，代代传承，为社会为人类做出重要贡献。《永远在路上》中的父亲张德建，就为子孙后代种下了对文化有着强烈向往的精神种子。如果天下所有父亲都对文化有着强烈向往的精神，天下所有子女从小就能得到父辈熏陶与激励，长大成人之后也就可能更有出息。父亲张德建的形象告诉我们这样一个道理，只要执着，即使你是一位普通农民，同样可以成为精神引领，永远在路上，永远激励后辈！

情深酿出好华章

黄耀池

两年前,好友培忠曾先后多次告诉我,2012年是他父亲去世三十周年,他要写篇文章纪念他。

二十多天前,培忠又告诉我,纪念他父亲的文章写出来了,共4万余字,配12幅照片。《中国作家》杂志一字不改,照片一幅不减,全文照登。等杂志出来,马上送我一本。

7月14日晚上11时,我送别广西客人回到家里,见饭桌上放着一本《中国作家》,我知道这是培忠爱人红丽送来的。我立马来了精神,"狗过溪"地洗了澡,一边擦头发,一边阅读起来。

一

《永远在路上》是培忠采用倒叙的手法,回忆二十世纪他父亲乃至祖辈们觅食的艰难历程。

沉重的劳作,拮据的生活,凄凉的故事,久违的乡音俚语,流畅的文字,让我一下子"吸神"起来。随着培忠的文字,我仿佛回到20世纪五六十年代的艰苦岁月。相同的地域、相同的境遇,使我记忆犹新,感同身受,产生了强烈的共鸣。当看到培忠父亲在隔乡南淳村给舅舅放牛,其家里帮工们吃剩半桶面条,外祖母心疼女儿一家人经常挨饿,让培忠父亲拿回泰阳楼给培忠祖母一家人吃时,我的眼泪像开闸一样哗哗地流了下来。模糊的双眼,我仿佛看到一个瘦弱的男孩,身上披着一件棕蓑,手里提着半桶面条,冒着大风大雨,跌跌撞撞,深一脚浅一脚地行走在山边不平的泥泞土路上……随着文章的展开,我又仿佛看见一个清瘦、高挑、皮肤黝黑、"志在吃饱"的青年人为了一家人能"吃饱",三天两头,偷偷摸摸,披星戴月,挑着比他自己体重还重的"竹叶""杂货",咬紧牙,在崎岖不平的山路上艰难地挪动……

我不知道什么时候看完了培忠的作品,也不知道看到动情处流了多少次眼泪。一整个晚上我都一直处于梦游状态,一会儿看见培忠身材矮小瘦弱的母亲,天未亮就起来煮糜、喂猪、饲鸡,到溪边洗衣服,回来后叫孩子们起床穿衣、食糜,送孩子上学,出工。长期忍受着饥饿,除了参加生产劳动,还承担着繁重的家务,整天像蚂蚁般不停地忙碌着、劳作着……一会儿我又看见培忠母亲把张培林担吊瓜到凤凰圩换来的树薯煮了一大鼎,培忠五兄弟姐妹,人人争先恐后,个个狼吞虎咽,津津有味地吃着没肉、没油的树薯片。培忠母亲在一旁看着五个儿女吃得满头大汗,兴奋、满足的样子,脸上露出苦涩的笑容。

第二天下午和晚上,我又一遍又一遍地阅读着、思考着……

二

中国是一个农耕大国,农民占了总人口的80%,农民是这个社会的主体。"无农不稳""手里有粮,心里不慌"是前人对农业、农民、粮食重要性最简单、最明了的概括和总结。有了粮食,人民才能安居,国家才能稳定;有了粮食,肚子不饿,个人才能"定定"(意即肚子吃饱了，心里不慌）。

千百年来，农民一直处于社会的最底层，受不到应有的重视，他们干着最繁重的体力劳动，忍受最艰苦的劳作，过着非人的生活。他们种田，却常常挨饿断顿；他们养蚕，却又常常衣衫褴褛，衣不蔽体。这是新中国诞生以前乃至几百年、几千年来中国农民的生活情状。

农耕民族有一个最大的特点，那就是封闭、保守。喜欢固守故土，固守一亩三分地，固守老婆孩子热炕头，喜欢过着自耕自足、与世无争的宁静生活。

然而，由于吃不饱、穿不暖，他们不能坐以待饿、受冻，他们"穷则思变"，于是就出现了"担溪头""走山内""上凤凰"的行当。而这个苦行当比在地里干农活，还要艰苦得多。

美国心理学家马斯洛在《人类激励理论》中，提出了一个著名的理论叫"需要层次理论"，提出人的需要为五种：生理需求、安全需求、社交需求、尊重需求、自我实现。

"生理上的需求是人们最原始、最基本的需要，如空气、水、吃饭、穿衣、性欲、住宅、医疗等，若不满足，则有生命危险。也就是说，这是人类最强烈的、最

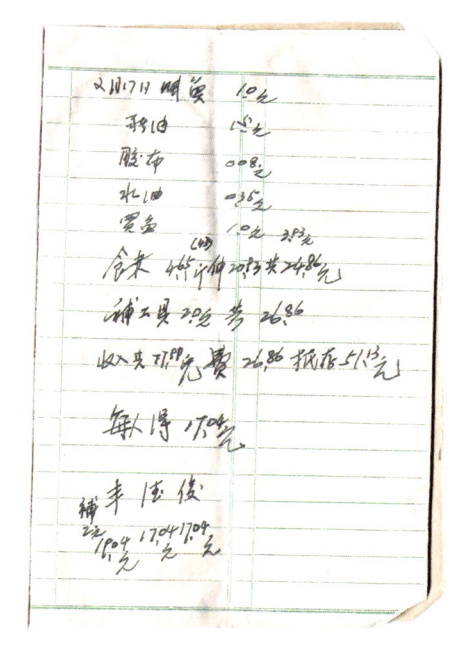

本书作者的父亲记账明细一页（1971年2月）

基本的需求，也是推动人们行动的强大动力。"

培忠的父亲和哥哥培林、姐姐培真，正是在吃不饱这种"强大动力"的逼迫下才走上"担溪头""走山内""上凤凰"这条常人所不能忍受的艰辛路。

"一个雾蒙蒙的早晨，在去新塘上学的路上，张培林发现张介如载着一担吊瓜去'走凤凰'，张培林紧跑几步上前问了个大概……放学回到家里，张培林充满渴望地对父亲说：'介如哥去三饶担吊瓜到凤凰换树薯，我也能挑30斤吊瓜到凤凰换树薯。'"

试想一个十三四岁的孩子，如果肚子不饿，他能有这个念头吗？从三饶到凤凰圩，往返五十多公里，有一半是上坡路，其中有十来公里是崎岖不平、又很陡峭的羊肠小道，其艰苦程度可想而知，没有吃不饱这个"强大动力"，又有谁愿意做这事呢？培忠的父辈们，就是"这么长年累月，风雨无阻地挑着、挑着，挑出了全家的饭碗，也挑出了儿女的学费"。

三饶内农民"担溪头、走山内、上凤凰"只是小范围、小规模的局部现象。但农民的拼温饱，求生存，在国内却是"环球同此凉热"。

历史上，全国各地农民都在为吃饱肚子而苦苦挣扎着、抗争着。被历史学家称为近代中国三次规模最大的人口迁徙的"闯关东、走西口、下南洋"，便是围绕着生存问题而引发产生的。从清朝到中华人民共和国成立前，时间前后持续300多年，外出觅食"闯关东、走西口、下南洋"的农民涉及省份近半个中国。据资料反映，仅山东一省，历史上闯关东人数多达2500万人。今天也许会有社会学家称赞闯关东、走西口、下南洋是利国、利民的壮举，事实也确实如此，由于闯关东、走西口，均匀了全国人口的分布；由于闯关东、走西口加速了东三省和内蒙古土地资源的开发利用；由于闯关东、走西口、下南洋既为本地区缓解了生存压力，也为所在地、所在国的经济发展做出了巨大的贡献。当然这种历史功绩是以广大农民的艰苦劳动甚至牺牲生命作为代价的。殊不知这是一部民族的苦难史，几十代农民的辛酸血泪史。有多少个家庭，多少对夫妻，多少个儿子，他们为了生存，为了谋生，不得不离乡背井，泪别父母妻儿，远走异地他乡，过着孤独艰辛的生活；又有多少农民客死他乡，让亲人永远悲痛。

这是中国几千年来农民的无奈！也是中国农民的悲哀！

三

《永远在路上》发表后引起了广大读者的共鸣，特别是二十世纪五六十年代出生的人们，更是赞不绝口。

为什么一篇记述二十世纪六七十年代一个普通家庭艰辛过日子的文章能引起大家的热捧呢？

我想，大抵是因为类似的经历才有了强烈的共鸣。

培忠的家乡位于粤东北部山区的饶平县新塘镇，那里山多地少人口密集，祖祖辈辈都以单一的水稻种植方式在这块贫瘠的土地上觅食。改革开放以前，逢上风调雨顺，家人平安，家里劳力充足，辛勤节俭人家尚可勉强度日。即便如此，更多的人家一年的口粮也只能维持8～10个月，那时候最大的问题是吃不饱，人们最大的愿望就是能够吃饱。饥饿是那个时代最强烈的集体记忆！

培忠生于斯时，长于斯地，几乎从懂事起到上中师止就经常吃不饱。父辈农作的艰辛，觅食的艰难，他从小就耳闻目睹感同身受。穷人的孩子早当家，为了减轻父母亲的负担，正在读初中、只有十三四岁的他，早已充当家里壮年男人干起了犁田耙田的重农活了。每逢暑假农忙，回家犁田耙田中间休息，牛被牵去补充草料，培忠在地头就会拿出随带在身的唐诗、宋词给自己充电。

培忠是不幸的，在他最需要扶持、呵护的时候，辛劳一生的父亲过早去世了；培忠又是有幸的，在他中师毕业后，便回到新塘镇乌洋村任教，而后一路顺风顺水，先是到汕头读书，后又考到广州读书，由于成绩优异，毕业后被选调到广东省教育厅广东教育杂志社任记者、编辑；1996年调入省委机关任职。在党组织的培养下一步一步成长起来的张培忠位卑未敢忘忧国，他从来没有忘记生他养他的故乡和父老乡亲。

在当记者、编辑期间，他出版了《人比月光美》一书，讴歌一批批奋斗在农村教书育人的优秀教师。从贫穷山区出来的他，深深懂得要改变农村落后面貌，必须提高人的文化素质；而要提高人的素质，就要办好教育，要办好教育，首先要有一批甘于奉献的优秀教师。

调入省委机关工作后，培忠更是利用自己工作上的便利，深入农村、深入基层，认真调查研究如何加强基层班子建设和农村脱贫致富等问题，给省委写了很多加强农村基层建设有高度、有深度的建议，为农村改革做出了贡献。

著名已故作家雷铎曾给培忠《人比月光美》一书写序，称赞培忠懂得"惜福"且"勤勉""诚敬谦恭"。

在培忠的亲人朋友中，应该说我是最了解培忠的人之一，培忠一家都是"惜福""勤勉"且"诚敬谦恭"的读书人。妻子红丽儿时是我们家乡有名的才女，现任广东高教出版社总编辑；女儿张闻昕早在读小学四年级就写出了《细菌国王秘密日记》一书。大学二年级又创作出版了长篇小说《问青春》一书,成为全国年纪最小的优秀青年作家之一。培忠工作繁忙,日常公务缠身,读书、创作只能利用业余时间,平时除了公务几乎从不应酬,每年的节假日不少家庭都选择郊游或外出旅游,而培忠和红丽最奢侈、最放松的旅游就是偶尔上一下白云山。每天晚饭后就是读书、写作,几十年来几乎年年如此、月月如此、天天如此。他和红丽的收入,除了保证日常生活,便是买书。培忠多次指着一排排柜子的书,对我说:"我和红丽工作三十多年,两手空空,就剩下这3万多册书籍了。"

培忠家中挂着国学大师饶宗颐写的一幅墨宝"案上有书真富贵"。是啊,满屋书香就是培忠一家的全部"富贵"。

每年在父亲的祭日,本书作者及兄弟姐妹都会从各地回到家里,祭拜父亲、陪伴母亲。图为兄弟姐妹与母亲在一起(2022年8月20日)

正是他的"惜福"和"勤勉",正是他的厚积薄发,培忠2008年12月出版的长篇纪实文学《文妖与先知——张竞生传》获第八届广东省鲁迅文学艺术奖,入围中国作协第五届鲁迅文学奖,拍成30集电视连续剧《铁血兄弟》在央视首播。2013年,出版的长篇纪实文学《海权战略——郑芝龙、郑成功海商集团纪事》获广东省精神文明建设"五个一工程"优秀作品奖,入选2013年度全国十部优秀报告文学之一,这些成绩的取得,没有"惜福""勤勉""诚敬谦恭",没有牺牲平日节假日的休息时间,行吗?

人是社会一分子,家是社会一细胞。《永远在路上》写的是培忠自己的小家,反映的却是二十世纪六七十年代我国南方农村、农民的生活状况,是那个时代一个民族、一个群体的"大家"。文如其人,文品如人品,培忠的作品获得如此好评,其感染力在于作者以小寓大、寓家于国的家国情怀,用心用情去体味农村的落后和农民的艰辛,用责任感、使命感去反映以往的历史,以唤起人们对农村、农民、农业的关注和重视,这是作品的灵魂,也是作品深受大家欢迎的原因所在,更是作者的初衷!

精神的能量，成功的密码

黄文斌

在祖母视线复杂的眼神中，在闪烁的寒星下，在浓重的晨露里，父亲跟着伯父走上了高陂之路，他少年的汗水和泪水从此便洒落在这条崎岖的艰辛之路、人生之路。以此为起点，父亲从少年走到了青年，又从青年走到了中年，他被生活的重担压迫着，又为生活的鞭子驱赶着，如牛负重，步步血印。

——摘自《永远在路上》

当接过培忠兄新作《永远在路上》后，拜读过程几乎是饱含热泪，掩卷深受感动，倍受鞭策。这是忠兄继长篇纪实文学《文妖与先知——张竞生传》之后，于《中国作家》推出怀念父亲的纪实文学作品，其纪实理性与文学情感相得益彰，叙述情感诚挚，语意坦然，淋漓尽致地表达对父母、对兄长的感恩情怀和彻悟生命的主题，字里行间更是放射出父亲永不灭熄的精神能量。

《文妖与先知——张竞生传》是作者花二十年时间还原了一个真实的张竞生，一个有时代意义的历史人物，在中国文学的最高殿堂中国作家协会举行作品讨论会，并获得第八届广东省鲁迅文学奖。《永远在路上》则是积蓄于作者心中四十多年对父亲深厚情感的一次井喷，也仿佛揭示了父辈精神能量于作者的巨大激励作用，仿佛也是忠兄文章事功双丰收的成功密码。

用世俗的眼光看,《永远在路上》的父亲是不幸的,甚至是卑微的。他六岁丧父,十三岁失学开始"走山内",人生理想十分简单,就是"志在吃饱",其宗旨就是让自己和家人日子过得好一点再好一点。但恰恰是像这样在社会最底层挣扎着的芸芸众生尤其是底层农民,他们最强大的理论藏于心而表于行,让自己和家人日子过得好一点再好一点的简单朴素心愿有着巨大精神能量,可以冲破一切藩篱,可以激励后人。

与大多数农民不同的是:父亲张德建特别重视读书。父亲是爱读书之人,时常辍学,使他深受折磨,他既离不开心爱的书本,又离不开可爱的同窗。但为了生存,他只好孤单地独自面对陌生的环境,在陌生的山水放牧着陌生的牛群。难以想象,如果命运不硬塞给他一把锄头,而让他有机会读书,又会是什么样的情况。读书的强烈愿望如薪火相传,闪烁父亲短暂一生也激励子女们。《永远在路上》中关于父亲读书的经历、关于父亲为子女读书问题而努力的许多细节叙述,催人泪下。

不经风雨，不见彩虹

张 浩

"天行健，君子以自强不息。地势坤，君子以厚德载物。"《易经》总纲，囊括了整部《易经》的阴阳相辅相成的哲学理念。一个人行于天地之间，需要像天一样坚韧强健，又要像地一样包容万象。中国人取名字，也会将上一代人的意图以命名的形式为自己的后代起名字。

德健，这是前一辈人对自己后辈的一种寄托，也希望爷爷能自强不息与厚德载物。而爷爷身属大时代背景下，也的确是做到了对得起自己的名字。虽然没能大富大贵，但是行得正、坐得端，同样为了后辈前途与整个家庭劳累奔波。

纵观整篇文章，细微小节自是不必说，又经历过那个时代的人都知道是一种什么样的艰辛。我虽然没有经历过，但是我与同辈人相比就是，我清晰地知道，什么是饿，什么是渴。虽然我经历时间不多。但是能清晰体验到。所以，我也能体会到那个时代的大致情况。

从文章开头的倒叙引入对爷爷的思念，再到家族前因后果的兴衰成败，再到家族后辈的努力奋斗从而走到今天，从家族的兴旺到爷爷那一代的没落，虽有大环境大背景下的落寞，也有人为不幸。"坐吃山空"这是亘古不变的硬道理。多少的大家族、门阀、集团的衰败最关键的原因就是后辈在前辈的福荫下好吃懒做一事无成而导致没落的。

所以，自强不息是这全文中三个男人共同点，父子三人都是靠着自己的不断奋斗，吃苦耐劳才得以实现自己的人生目标。反观读者，极其容易就变成老太公，如果不是我个人在读书的时候碰到一些事情，走出社会遇到一些人，去当兵后领悟到一些问题，并在那5年内读了大量书籍，改变了我个人的思想，那么很可能，"老太公"这个角色将会在我身上重演。而事实上，不止我们家出现这种情况，不止我们家庭出现过。我经历过的、遇见过的人中就有这类人的出现。

之后我想了很久，想不明白为何会出现这种情况，为何我也会出现这种情况，后来我想清楚了，两个字——教育。

对下一代的教育问题。并不是家庭环境好，资源丰富就能教育好下一代。因材施教非常重要，平台也很重要。对孩子的教育，为其创造条件，给其一个平台，让其能最大限度地发挥自己的价值。

经过部队两年的锻炼，我深深觉得，一个人行走天地间，需要经历，需要磨难。不经历风雨，就不见彩虹，宝剑锋从磨砺出，梅花香自苦寒来。

评 论

朴素的理想

张莘垛

读了舅舅写的这篇文章，才知道原来我的老老太公在康熙年间获得了"税进士"称号，老太公结婚时那奢华的情景。可惜到后来家境败落，外公出生的时候已经家徒四壁，过着凄风苦雨的日子。外公因家庭的原因，读书环境很恶劣；却不向困难低头，分秒必争地利用一切机会学习。相比较现在生活在这个衣食无忧年代的我们，很难想象当时的情景的。也许幸福来得太容易，就不会去珍惜它。

本书作者的侄子和外甥。左起：张莘垛、黄伟旭、张汉杰、黄松郁、张浩（1995年2月）

外公的一生过着艰难困苦的日子，最大的人生理想就是为了能够吃饱饭。这个简单而又朴素的理想，却奔波劳累了一辈子还没能完全实现。可以想象那时中国的经济是有多么的落后，人民的衣食都不能得到满足。外公一生为了生计、家庭温饱跟子女的前途，在忙完农活的空闲时间，挑着担子走山内，走凤凰，那么辛苦就为了挣点差价以补家用。也许就是因为太过辛苦劳累，加上经常吃不饱饭，营养严重不足才导致外公那么早就过世。

小时候的三姐妹。左起：张闻昕、张咏颖、张莘彦（2000年7月16日）

外公因为小的时候没有继续读书的机会，所以他对子女教育很看重。为了舅舅们夜晚能够有比较好的读书环境，特意从外地买了一把大的煤油灯。那把煤油灯在我小的时候，在停电的时候还有用过。真的很亮，夜晚在油灯下看书没有什么问题。缺点就是耗油有点大，特别是在当初那个年代，煤油作为一种限量品，更能突出外公对舅舅们寄予很

游览潮州湘子桥。左起：黄东云、高佩娟、张蟾蜍、黄炎发（2008年9月9日）

高的期望。读书改变命运，知识改变未来。作为一名淳朴的农民，坚信只有读好书才会有出路。舅舅们也没有辜负外公的期望，如今都事业有成，为民服务。我刚刚大学毕业，有幸踏入公务员这个行业，要认认真真、脚踏实地从基层开始学习锻炼自己。

  对于外公的记忆大多都是来自于外婆的口述，外婆对我们讲述过去生活的艰苦，告诫我们要珍惜现在幸福的生活，虽然比不上那些比较有钱人的日子，可是也比很多人幸福了。起码吃得饱，穿得暖，有书可以读。外婆是一个讲理的人，虽然有时候脾气会比较急一点。我自小就是外婆带大的，读初中开始就跟外婆住在一起。在一起的时间很长，她经常教育我，要认真读书。只有读好书，将来才有出路。虽说三百六十行，行行出状元。但是在如今科技高度发达的年代，不读书是很难有什么作为的。

关于文章中建房子的那段我感触很深，因为家里孩子多，而且渐渐长大了，房子显得太小了，空间不够。外婆就打算跟外公商量建属于自己的房子。可是因为家里的经济不宽裕，外公觉得不是很好的时机，后来还是被外婆说服了。在短短的两个月里面建好新的房子真的不容易，特别是在当时那个年代，没有什么现代化的设备；材料的搬运基本靠人力，更是辛苦。可是因为外公的人缘很好，亲朋好友都出力帮助，终于在过年的前几天建好了新房子。

中国人对于房子的情结很深，奋斗一辈子很多时候就是为了有一间属于自己的房子。外公外婆经过艰辛的奋斗，某种程度上实现了这个朴素的理想。

读《永远在路上》有感

张闻昕

> 生命如此绚烂,又如此脆弱;如此切近,又如此遥远;如此朴实,又如此丰赡;如此仁慈,又如此心悸……在父亲短暂而又艰辛的一生中,我读懂了生命的尊严,更读懂了生命的奥秘。
>
> ——《永远在路上》

我从未见过祖父。

自小,我只从父亲口中的只言片语依稀探得祖父的轮廓。我仍记得,幼时父亲曾把我叫到跟前,给我看许多从未见过的老照片。当翻到祖父的照片时,父亲说着说着,就有些哽咽。这是我第一次见父亲如此动情,从此也知道了祖父在父亲心中是何其重要的人。

这次,借父亲为祖父书写去世三十周年纪念文章的契机,我也得以从另一种角度,更深刻地了解祖父。

俗话说,"穷人的孩子早当家"。在祖父才六岁时,曾祖父便已去世,从此贫困的家庭变得更加一贫如洗。祖父能够上学,全靠曾祖母"挑溪头",因此祖父特别珍惜读书的机会,他的学习成绩很好。然而,为了生存,祖父只能替舅舅们放牛,在闲暇的时候才去读书。即使是这样"半工半读"的日子,祖父也没能维持多久。到后来,祖父"被生活的重担压迫着,又为生活的鞭子驱赶着",终于走上了谋生的艰辛

结婚那年,本书作者回到农村老家请亲戚朋友吃了一顿饭。左起:二姨妈张蟾蜍、饶师同学林启平、堂叔张步俊、堂叔张继明(1994年12月)

之路。

祖父是个聪明细心的人,他布的田好看又实在。最令我动容的是,即使在这般艰苦的情境下,祖父对生活仍是充满了希望,父亲写他"常能悟出生活的哲理,体味劳动的乐趣"。在当时那样的大环境下,能有这样的觉悟与心性,实属不易。

父亲形容祖父"生性内向,态度温和"。是的,祖父只是脚踏实地地完成自己的工作,而并不像别人一样去抱怨些什么。脚踏实地,这恰恰是大多数现代人所缺少的品格。快餐式的生活使我们变得毛毛躁躁,对生活没有耐心,常常在一些简单的事情中乱了阵脚。这一点,我自认为没有做到,这便是我需要从祖父身上学习的东西。

虽然生活艰难,但是祖父祖母却一直在努力维护着一个温暖的小家庭。祖母是个坚强的人，父亲道"她虽不识字，却有着一般人难以企及的深明大义"。祖父外出维持生计，祖母决心把家中的一切打理好。甚至在生父亲之前，祖母仍是坚持着把劳动都做完，由此足见祖母的勤劳与担当。

父亲每每谈到自己的人生历程时，总要称赞当年爷爷的深谋远虑。在父亲中考的那年，以他的成绩，是可以去读高中然后考大学的。祖父深知自己的身体状况，已无力再供小儿子读完高中，所以坚持要父亲去读师范。祖父的决定是正确的，若当初父亲冒失地去读高中，无疑就将因祖父的去世而失学，并从此坠入不可知的困境。

祖父已去世三十年，我虽没见过他，但从父亲深刻隐忍的文字，已感受到他的伟大。祖父几乎具有中国农民所有的优秀品质。一个伟大的人，其伟大之处并非他计划着、希望着将要去做什么，而在于他勤勤恳恳、兢兢业业、脚踏实地地做好他的本职工作，祖父便是这样的人。在父亲心中，祖父不仅是一位好父亲，更是他所追求、敬佩的精神的代表。

这便是，祖父永远走在父亲的路上、我的路上、家族的路上的原因。

2012年7月14日深夜

爱，生生不息

张咏颖

一直以来，我都不是很擅长写文章，特别是在文字工作者面前就更加心虚，所以如果里面有不对的地方，还请舅舅多多包涵。

此时正值寒冬，是一年中最冷的时候，窗外寒风呼啸，我坐在图书馆里安静地享读完此篇文章。这一些平时我视为再正常不过的事，恍然间多了一份真实沉甸的幸福感，是我们忘记贫苦太久了。外公勤勤恳恳劳作一生，却没有上完书斋，在明亮的屋子里读完一本书的机会。因此，我由衷地感激能如此幸运地生在这个时代、感激辛苦奋斗的亲人前辈们、也感激教育的普及，我们都是知识的既得利益者，是知识改变了我们的命运。

在文中，不论是扛起中道没落的家族重任的外公，还是身怀六甲仍坚持劳动的外婆，抑或是孩子们的懂事、孝顺，都同样让我感动。但让我印象最深刻的，还是外公那一句："如果孩子读书，就是再穷，苦力再做，大赤岭再陡，也要买一盏大油灯，供孩子学习，否则，不但会耽误孩子学习，也会损坏眼睛。"一句话，足以阐释"父爱如山"，也足以让我体会到外公的睿智。在那个尚不能保证饱腹的年代，作为农民的外公，能够不鼠目寸光，将本来就不多的生活费用去供孩子上学，实属不易。就算是在今天，很多家长也不一定能做到，外公有远见有主见的品质可见一斑。这是一个改变家族命运的选择，才让舅舅成为今天的舅舅；妈妈成为今天的妈妈；才让我成为今天不必再为了饱腹而担忧，有了更多选择的下一代。一个不经意间的选择，会引起一系列的连锁反应，这被称之为"蝴蝶效应"。外公如此，老太公也是。因老太公的散漫和堕落，致使本来有名望的家族走向没落，读到这一节时，我的内心不禁唏嘘，天地就在一瞬之间。立刻在内心给自己敲响了警钟，以时刻提醒自己，对待目标不可有任何松懈，若不努力，已经到手的东西也会失去。

通读完全文，有一个词一直闪烁在我的脑海里——"团结"，血浓于水的亲人之间的相互理解与支持。面对外公提出的拿过年费"做大衣"的想法，外婆非但没有责怪，反而果断答应并高价找了镇里最好的裁缝，只为外公在同行面前能抬起头。面对外公的走山内换木薯的动

表姐林哲思和表妹张闻昕小时候在广州梅花村的合影（2006年8月）

员，大姨没有觉得不公，而是更加小心地护住背篓里的吊瓜以换取大舅的饱腹神器。舅舅也是一样，一直身体力行地支持着我，不管是精神上还是物质上，就算我做得不好，我没有成功，仍然会得到鼓励与安慰。在这篇文章里，我看到了每个人物身上许许多多的闪光点。每个人身上的优良品质固然可贵，但我想，一个家族的发展，更是因为家人之间的相互搀扶前行。

虽然与外公未曾见面，但读完此文，外公坚毅、慈爱的形象已经立体地呈现在我的面前。虽然与外婆时有见面，但若不是读此文，我不会知道外婆小小的身躯里竟然蕴藏着这样大的能量，我对外婆的情感又油然而生出一种敬佩。以后我也要更加善待这位不容易的老人，让外婆的暮年甜一点、再甜一点。借以此篇读后感，我想对舅舅说：谢谢您！谢谢您给我一个机会去认识外公外婆，谢谢您一直以来对我在学习和生活上的帮助。大学的第一学期马上要过去了，像舅舅一样，我也在为自己的爱好努力着，目前也初见成效。前不久，在珠海电视台参加了第十二届珠海市大学生艺术节闭幕式颁奖典礼，拿到了摄影类的一等奖，算是一个小小的里程碑吧；同时也获得了学校院级的辩论赛新生杯的三等奖；参加了网上一个学艺换宿的活动，并顺利当选第二季的旅行体验官，寒假将前往东莞进行15天的免费旅行体验；作品也开始慢慢得到认可和关注，学姐邀请我去她的摄影工作室工作，未来也会继续加油。愿张竞生研讨会顺利举行，愿舅舅身体健康，平安喜乐！

父亲的足迹

张闻昕

我的父亲，出生在一个农民家庭，家境十分贫困。而他的父亲母亲，也就是我的爷爷奶奶，都是十分勤劳、朴实的农民。家中虽贫困，但爷爷奶奶对子女的教育却十分明确：哪怕再穷、再苦也要让孩子们读上书！在那时看来，读书，是唯一能让出生在农民家庭的孩子走出农村的途径。就这样，父亲和他的兄弟姐妹们，都读上了书。

本书作者张培忠与女儿张闻昕在中山大学校园里（2001年10月）

1984年7月至1985年8月，张培忠（上图右二）在饶平县新塘中心小学任教时，曾与同校的青年教师黄杨周（上图左二），邀请饶平一中青年教师陈永顺（上图左一）、黄少烈（上图右一）一起到当地最高峰待诏山探险。

上图：在阴凉的山坑驻足歇息

中图：登上最高峰

下图：天高云淡，举碗庆祝（1984年10月13日）

读书的日子虽然贫苦，但也是快乐的。父亲十分珍惜这来之不易的机会，所以读得十分刻苦。往往是天刚蒙蒙亮，他就起来晨读了。谈到这里，父亲说起了一件他印象十分深刻的事：奶奶是个十分勤劳的人，每天都早早起来，为父亲煮早饭。但有一天，奶奶因为前一天的劳动繁重，睡多了一会儿。父亲晨读完毕后，发现早饭还未煮好，若是再等下去，恐怕就要迟到了。于是急匆匆地背起书包，上学去了。奶奶感到很心疼，儿子饿着肚子去读书，就是因为她早晨贪睡了一会儿。从此以后，奶奶都是提前起来，为儿子煮早饭。

这件事父亲到现在仍是记忆犹新。在他看来，奶奶虽然不识字，但深明大义，对孩子的管教十分严格。他和伯伯能够读书，通过读书成长起来，爷爷奶奶严格要求，功不可没。

在要升高中的时候，父亲遇到了人生的第一个难题。父亲的成绩很好，所以舅公建议他去读高中，将来可以考大学。但爷爷却说，家里那么穷，自己的身体也一日不如一日了，他没有办法供父亲去读大学，所以让父亲去读师范。

父亲听从了爷爷的劝告，读了师范。而这个决定，改变和影响了父亲此后的人生。

在父亲读师范的第二年，爷爷便得重病去世了。因为听从了爷爷的劝告，父亲在爷爷去世后才得以继续读书。若是当时执意去读高中，恐怕已是辍学在家了。

师范毕业后，父亲被分配去一个偏僻农村的小学教书。虽然已成为教师，但父亲仍不忘读书、学习，并参加了成人高考。在考试中，父亲在几千人中脱颖而出，以文科第一名的成绩考上了教育学院。因为成绩优异，父亲在毕业后被留在了省城，到教育厅工作，从此算是真正改变了人生道路。

本书作者张培忠与女儿张闻昕的部分作品（2020年5月20日）

父亲不仅工作认真，还热爱文学。在读师范的时候，就写过小说。到教育学院后，又与几个志同道合的同学组织了一个文学社，编辑出版了刊物，在学校里小有名气。后来又参与了校报的编辑。父亲认为，这些经历，对他都是一种很好的锻炼，很好的提高。

父亲的文章开始渐渐在报纸上出现，文学使他的精神世界变得充实、愉快。他工作繁忙，但没有忘记文学。总是利用业余的时间，来阅读、思考、写作，一直就这么坚持下来。

父亲在热爱文学的同时，也选准了自己在文学方面的发展方向——研究民国的文化奇人，张竞生。

父亲对研究张竞生注入了很多心血，还利用节假日到各地访查，寻找资料。

功夫不负有心人,父亲的心血终于得到认可。2008年底,一部汇集了他二十多年心血的作品《文妖与先知——张竞生传》在三联书店出版,并在北京三联书店召开了新书发布会。第二年,又由中国作协召开了作品研讨会。这本书后来还获得了第八届广东省鲁迅文学艺术奖。

父亲在别人的眼里也许是成功的,但在我眼里,他不过是这世间最普通的一位父亲,疼爱女儿,也懂得教育女儿。

不管别人怎么评论,父亲,您在我心中永远是一位成功的父亲!

2010年10月7日

本书作者就读饶平师范时,大量阅读文学作品,尝试写小说和诗歌,开启了长达几十年坚持不辍的业余创作。图为2008年12月6日在北京的生活·读书·新知三联书店举办的拙著《文妖与先知——张竞生传》新书发布会。左一为作者,左二为时任《人民文学》主编李敬泽先生(现为中国作家协会党组成员、副主席、书记处书记),左三为时任中国作协党组成员、副主席、书记处书记陈建功先生,左四为时任中国作协党组成员、书记处书记田滋茂先生,左五为时任北京三联书店副总经理、副总编辑李昕先生(2008年12月6日)

后记：在底层与非虚构

今年是父亲去世四十周年。父亲远行时，得年五十，我则是一个懵懂的十七岁少年。岁月倥偬，惊心动魄。父亲断断续续只读了小学四年级，文化不高，但他始终志行高洁，容止可法，是一个朴实勤劳的农民和可亲可敬的父亲。

父亲去世三十年时，我写了中篇纪实文学《永远在路上》，探寻父亲、追怀父亲、感恩父亲。这篇近四万字的长文，发表在《中国作家》杂志2012年第7期，是我酝酿时间最长、素材积累最充分、收获最多感动的一篇非虚构文字。父亲去世后，我在最初的中师日记里就不断记录梦境中出现的父亲形象：有时是躺在医院里那苍白的脸孔，有时是肩着沉重的犁铧那佝偻的背影，有时是踟蹰在山间小道寻找前行的方向……常常一觉醒来，一片虚空，泪流满面。及至农村学校任教后再到大学就读，创作的短篇小说《野渡无人》《魔火》，当中都曲折地寄寓着父亲的形象。

人之所以为人，必得心有所主、情有所归，其至道即在于孝，孝为第一要义。《孝经》云:"先王有至德要道,以顺天下。夫孝,德之本也,教之所由生也。身体发肤,受之父母,不敢毁伤,孝之始也;立身行道,扬名于后世,以显父母,孝之终也。夫孝,始于事亲,中于事君,终于立身。"这一段话,道尽了中国传统文化的精髓。中国几千年封建历史,强调"圣朝以孝治天下",没有对父母的孝,就不会有对国家的忠。由孝到忠,移忠作孝,就像一个硬币的两面,不可或缺,互相辉映。因此,在我看来,一个知识人,一个写作者,其最大的孝道,就是把父辈的历史搞清楚,把父辈的人生写出来,追本溯源,继志述事。

为写好纪念父亲的文章,我请母亲做口述历史。父亲走得早,人

作者为在广州出席中国儿童文学研讨会的秦牧先生(左)和陈伯吹先生(右)拍摄的合照(1992年8月11日)

生履历留下许多空白。所幸母亲有着极好的记忆力和极佳的表达力,她虽一字不识,却通达情理,洞明世事,人间冷暖,了然于胸,每次讲述父亲的故事,她都不疾不徐,娓娓道来,前因后果,来龙去脉,情态毕现。为了更全面地获取父亲的生平资料,我还借回乡探亲之机,走访了父亲的少年好友张志勇和青年同伴张愈成,在他们的深情回忆中,还原和显影了父亲的点点滴滴。在一次又一次的讲述中,父亲的历史廓清了,父亲的形象饱满了。

仅有口述,仍显空疏。为真切感知父亲在艰难环境中的坚韧精神,十年前的清明节,我专程从广州回到老家,与哥哥张培林一起沿着父亲当年"走山内""走凤凰"的足迹逐一寻访,同时也为《中国作家》即将刊发《永远在路上》选配图片。那天上午,我们先到胜利水库主坝踏勘,苍茫的山野,寂静的荒径,无声地诉说着曾经的艰辛。这是父亲跋涉过大赤岭、枫树脚岭后走向山内的必经之地。哥哥说,父亲当年曾在这里摔了一跤,那一跤使壮年的父亲感受到生命的寒意。然后到坪石,饶平通往大埔境内第一站,寻访到父亲当年经常落脚和晚上歇息的房东陈国材伯伯,他已87岁高龄,却精神健旺,双脚因前两年摔断,行路时需借助两张椅子帮助移动。听说来意,他恍然大悟,三十多年了,仍对父亲印象深刻,还记得我的伯伯张春光,并说曾到过我家做客。他的二儿子陈绍荣则对父亲直锯记忆犹新,还示范当年父亲直锯的情形,可见父亲当年用直锯劳作确在当地留下美名。正谈话间,陈国材伯伯的弟妇(即陈俭国的爱人、陈国周的妹妹)走进来,听说我们是德建哥的儿子,她说当年在上伦墩锯柴时,父亲他们就在她家里做饭一起吃,彼此就像一家人。老阿姨一边走一边不停地叫着"德建哥,德建哥",那亲切又陌生的声音,听得我眼睛湿润，好几次差点流出眼泪。她还自告奋勇带我们到上伦墩锯柴时父亲曾住过的房子，可惜已成断垣残壁。

离开坪石和上伦墩，一路上山下山，来到桃源镇，一个山中的陶瓷城，那是父亲走山内的终点站。在一个大排档吃午饭，饭后再往高陂镇，站在堤岸上，现场体验了韩江水的浩瀚壮阔和高陂路的迂回繁复。从高陂镇又回到桃源镇，找到陈唐楼当年父亲经常借宿的房东陈华昆伯伯，老人家年届八十，也是父亲的老朋友，他十分感叹当年父亲挑猪仔来卖的艰难，还带我们凭吊了已倒塌的老屋。临行与陈华昆伯伯握别，离情依依，不胜感慨，父亲那一代的农民终成绝响，但他们——新中国的第一代农民，特别是有着"绣花农业"之称的潮汕农民，他们的欢欣苦累、生存状况、喜怒哀乐岂能随之湮灭？

历史是最好的老师。当此举全社会之力推进乡村振兴的现实语境中、集全国作家之笔书写新时代山乡巨变的时代洪流中，对于父亲和他的底层生活、乡村世界、精神肖像，必须有文字记录，为时代作

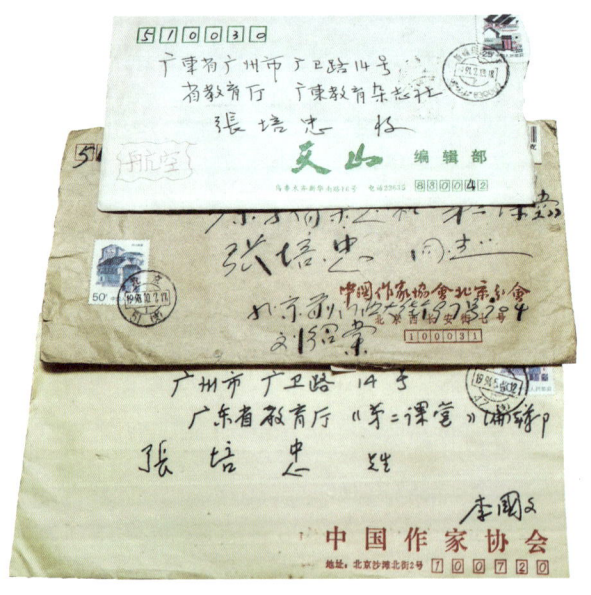

著名评论家周政保老师、著名作家刘绍棠老师、李国文老师给作者的信（1991年7月至1994年5月）

证，毕竟历史不能忘记，更不能割断，而每个生命都是唯一的、独特的，无法逆转、不可复制的。

于是，有了这本书。一本别样的非虚构的书。

这些年，"非虚构"引起文学界高度关注。根据中国报告文学学会会长徐剑先生在《报告文学、非虚构的理性辨识与文学分合》一文的研究："最早将'非虚构'一词引入中国文坛的，是我的老师周政保先生。二十世纪九十年代后期，周政保先生出版了一部学术大作《非虚构叙述形态》，第一次对非虚构的文学叙事方式进行理论性的阐述。"天下事无巧不成书，周政保先生也是"我的老师"，徐剑会长讲到的那部著作，周政保老师在2000年元月就签名送过给我，当年我还根据他书中的提示找到了美国作家杜鲁门·卡波特那部非虚构作品的开山之作《冷血》进行比较研究。而在此前的1990年，我正依违于业余从事理论研究还是从事文学创作而纠结不已时，周政保老师从天山北麓及时来信指点迷津说，一个人能做好一桩事就算是很好了：譬如，或理论研究，或某一门类的创作。摊子太大，总不易深入。于是，我选择了非虚构文学创作，一直坚持到现在。

做这样的选择，有兼顾工作的考虑。其时，我正在省教育厅由秦牧先生创办并担任第一任主编的教育杂志从事编辑工作，因为这个缘故，我多次拜访请教先生，先生还亲切地称我们是"先后同事"；与此同时，我还参与编辑另一本月发近400万册的少儿杂志，主持"名人的少年时代"栏目，登门拜访并约请刘绍棠、张洁、李国文等老师撰稿。这些工作都与非虚构、与文学密切相关。当然，我选择非虚构着力，更多的是注目于全球视野下读书界、文学界的走势。美国《纽约时报》著名报人詹姆斯·赖斯顿指出："十九世纪是小说家

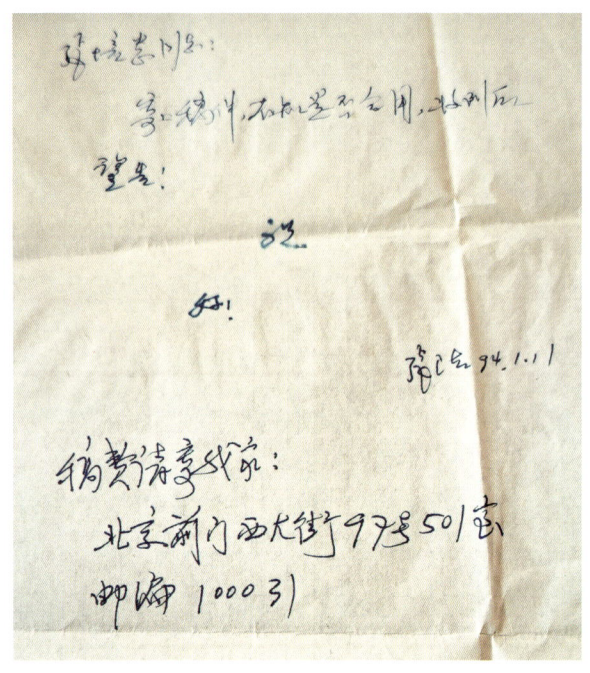

著名作家张洁老师给作者的信（1994年1月11日）

的时代。二十世纪是新闻工作者的时代。"早在1975年美国出版的大约3万种新书中，只有2407种是小说。《纽约时报》书评版编辑每年推荐100本值得关注的作品，发布年度10本好书，其中非虚构都占一半以上，可见今天的美国人喜欢读真人真事仍胜于读小说。国内的读书界和文学界也有类似的趋势。事实上，追索真相是人类的天性，更是人类的权利。而在二十一世纪，在互联网时代，仅靠单一的方式来呈现真相，显然难以满足人们的好奇心。因此，本书用多维的视角、立体的层面，即通过报告文学、书信、日记、口述历史、文学评论、现场图片、笔记图表、实物展示等来聚焦和透视，全方位展示一个中国农民的一生。

一位著名非虚构作家曾深刻写道："研究中国问题，如果没有底层、农村、贫困的参照系，没有这些层面——一个涉及十亿左右人口的层面的深切观察和体验，很难把握中国社会的走向。"如果说，传统的报告文学侧重于"宏观叙事"，那么，非虚构文学则侧重于"微

北京大学未名湖、博雅塔（张闻昕摄　2022年12月7日）

观叙事"。本书所呈现的是半个世纪前后中国农村，特别是一个中国农民在山村、在底层，为了躲避贫困、解决温饱而奔波不息、艰难前行的生活情状，以及此前此后所经历的沧桑巨变。这是一个农民的人生档案，是一个时代的忠实纪录，也是一个民族的共同记忆。

忘记就意味着背叛。当我们沐浴着新时代的阳光，整体性地消灭绝对贫困，全面建成小康社会，全力以赴推进乡村振兴，开启迈向中国式现代化新征程，此时此际，回望过去，我们才更深切地感到这一切都来之不易，更应该加倍地珍惜。

本书能在父亲去世四十周年时出版，是对父亲及他那一代农民最好的告慰。在此，我要特别感谢花城出版社社长张懿女士那灵光一闪的创意,以及她的敏锐敬业的同事,连同那些为促使此书顺利出版而一丝不苟给予帮助的人们,请一并接受我的由衷感谢和深深祝福。

              2022年12月7日,
        农历大雪之夜,父亲诞辰九十周年之际
            于广州云山下珠水畔